KB235623

무영검 발해의 기억

926년 발해, 그들의 대결은 역사가 된다.

무영검 발해의 기억

김태관 지음

집사재

무영검 발해의 기억

초판 1쇄 인쇄일 _ 2005년 11월 15일
초판 1쇄 발행일 _ 2005년 11월 20일

지은이 _ 김태관
원작영화 시나리오 _ 신준희, 김영준, 김태관
발행인 _ 유창언
발행처 _ 집사재
출판등록 _ 1994년 6월 9일 | **등록번호** _ 제10-991호
주소 _ 서울시 마포구 서교동 377-13 성은빌딩 301호 | **전화** _ 335-7353~4 | **팩스** _ 325-4305
e-mail _ pub95@hanmail.net / pub95@naver.com

ISBN 89-5775-099-1   03810
값 9,000원

※ 저자와의 협의에 따라 인지는 붙이지 않습니다.
※ 잘못 만들어진 책은 구입처에서 교환해 드립니다.

차 례

926년. 거란에 의해 발해의 수도 상경용천부가 함락된다. 그 후 거란인들은 그 땅에 동쪽의 거란이라는 뜻으로 동란국(東丹國)을 세운다. 그러나 살아남은 발해의 신하들과 백성들은 각지에서 국토수복을 위한 투쟁을 격렬하게 전개하고 있었다.

01
결말을 위한 서막

찬란했던 태양의 빛이 사라지고 있었다.

어둠이 그 자리를 대신하며 밀려왔을 때, 노을은 낮과 밤의 경계에서 전선(戰線)처럼 하늘을 핏빛으로 물들였다.

맞닿은 산의 능선 위로 퍼져간 노을은 그 위를 걷고 있던 연소하의 하얀 얼굴마저도 붉게 물들였다. 그녀는 뒤에서 걸어오는 일행을 돌아보았다.

붉은 석양은 스무 명 남짓한 비선원 무사들의 지친 어깨를 더욱 무거워 보이게 했다. 또한 호위를 받고 있는 왕자의 얼굴에 드러난 피로감을 더욱 선명하게 만들었다.

걸어야 하는 거리가 아니라 쫓기고 있다는 사실이 사람들을 지치게 했다. 항상 주변을 경계해야 하는 눈빛은 신경의 피로를 불러오고 산길만을 택해야 하는 여정은 몸을 무겁게 했다. 비록 큰 희생이 없었다고 해도 두 번에 걸친 척살단과의 만남은 일행의 긴장감을 폭발 직전까지 높여 놓았다.

계획대로라면 오늘까지는 발해의 군영에 도착해야만 했다. 쉬지 않고 걸으면 가능할 것이나, 그것은 왕자를 노리는 동란국의 척살단이 없을 때의 이야기다. 지친 몸으로 척살단과 마주치게 되면 최악의 상황에 직면할 수도 있다.

선두에 있던 연소하가 멈춘 것을 보며 다른 일행들도 걸음을 멈췄다. 산 정상에서 가을의 미풍이 불어왔다. 머리카락을 날리며 비선원 최강의 여자 무사가 말했다.

"오늘 산을 넘기는 힘들겠습니다. 근처에서 쉬어가겠습니다."

팽팽하던 긴장감이 사라지며 모두의 얼굴에서 안도의 표정이 나타났다.

일행이 산 속에 있는 해린사에 도착한 것은 밤이었다. 세상 만물은 어둠의 지배를 받고 있었다. 무사들이 밝혀놓은 몇 개의 횃불만이 어둠에 저항하며 버려진 사찰의 풍경을 일렁이게 했다.

비선원의 무사들은 중요 인물의 호위만이 아니라 적진에 대한 첩보나 소수의 인원을 필요로 하는 비밀스런 임무에 투입되었다.

일의 특성상 과장된 소문이 나기가 쉬웠다. 그 중에서도 그들의 명성을 높인 것은 비선원 무사들이 호위할 때 잠을 자지 않는다는 소문이었다.

사실 자지 않는 것이 아니라 눕지 않는 것이었다. 그들은 만일의 사태에 대비해 검을 품은 채 앉아서 잠을 잔다. 지금도 무사들은 법당을 중심으로 구석구석에 몸을 기댄 채 앉아 있었다.

법당은 그들이 호위하는 왕자 대수현의 임시 거처로 정한 곳이었다. 적이 공격을 해온다면 법당은 노출된 공격 목표였고 가장 위험한 곳은 법당의 정면이었다. 그곳에 연소하가 있었다. 정면의 기둥에 등을 기댄 채 앉아 있던 그녀가 천천히 눈을 감았다.

긴 머리카락을 뒤로 단정하게 묶고 참선을 하듯이 앉아 있는 그녀는 아름다웠지만 쉽게 접근할 수 없는 날카로운 기운이 감돌았다. 스물넷 젊은 여자가 만들고 싶어도 의도적으로는 절대 만들어 낼 수 없는 분위기였다.

눈을 감은 연소하의 손가락은 검의 자루에 놓여 있었다. 자루에는 국화문양이 양각으로 새겨져 있었고, 그녀의 손가락은 문양을 음미하듯 천천히 그 위를 움직여 갔다. 연소하는 지금까지의 여정을 다시 그려 보았다.

중간에 실수한 것이 있는지 놓치고 있는 것은 없는지 점검이 필요했다. 만일 척살단으로부터 왕자를 지키지 못하면 발해는 다시 나라를 세우지 못할지도 모른다.

문이 열리는 소리가 들리자 연소하는 눈을 떴다. 그들이 호위하던 왕자, 대수현이 밖으로 나왔다. 연소하가 일어나 예를 갖추었을 때 그는 달을 바라보고 있었다.

"왠지 잠이 오지 않는군."

"고생이 되시더라도 조금만 참아주십시오."

"고생이라니? 허헛! 날 기다리는 군사들을 생각한다면 이를 어찌 고생이랄 수 있겠는가? 다만 나라의 앞일을 생각하니 잠을 이룰 수가 없어서 그러는 것이네."

말을 마친 대수현의 눈이 다시 하늘을 향했다. 달빛이 서른을 갓

넘긴 그의 부드러운 얼굴을 더욱 온화하게 빛내고 있었다.

귀족 간의 극심한 권력투쟁으로 왕실을 버리고 낙향했던 그였지만, 나라가 자신을 필요로 한다는 것을 알았을 때 한 치의 망설임도 없이 검을 들고 싸우기 위해 일어섰다. 그는 기꺼이 저항군의 선두에 서기로 맹세했고, 적들의 목표가 되는 왕이 되기로 결심했다. 그가 왕이 된다면 발해는 다시 희망을 가질 수 있었다.

거란은 발해와 전면전을 치룬 것이 아니었다.

작년 1월, 거란의 황제 야율아보기는 부여성을 통해 발해의 수도를 기습적으로 공격해왔다. 부여성이 3일 만에 함락되고 상경용천부가 10일 만에 포위되었다.

이런 급박한 상황에서 주위의 발해군이 지원할 시간적 여유는 없었다. 거란군은 핵심을 정확하게 파악하고 있었다. 왕을 잡으면 장기는 끝난다. 그들은 황제와 신료들을 모두 잡아 거란으로 데려감으로써 발해의 반격의지를 꺾으려고 했다.

한편으로 그들은 발해의 땅에 동쪽의 거란이라는 뜻을 가진 동란국을 세우고 새로운 지배 체제를 확립했다. 전쟁은 거란의 속도전에 의한 완벽한 승리로 끝나는 듯했다.

그러나 전쟁은 장기가 아니다. 나라의 상부는 무너졌지만 그것을 받치고 있는 백성들이 남아 있었다. 발해 사람 셋이면 호랑이를 잡는다는 속담이 있다. 발해인의 강인한 정신과 무골 기질을 표현한 말이었다. 백성들의 투쟁이 각지에서 이어졌다. 동란국의 군사들은 막대한 타격을 입었다.

그런 상황에서 등장한 것이 동란국의 척살단이었다. 그들은 집요하게 발해의 지도자들을 암살해 나갔다. 먼저 각지에서 백성들을 지휘하던 장군들이 죽어갔다.

그리고 얼마 후 그들의 목표는 저항군 장수에서 발해의 왕족들로 바뀌었다. 그런 노선변화는 대단히 놀라운 결과를 만들어 냈다. 발해 백성들의 응집력을 급격하게 떨어뜨리게 했다.

왕은 나라를 보는 창이다. 백성들은 왕을 통해 나라를 본다. 왕이 없어지면 나라도 보이지 않는다. 보이지 않는 것은 없는 것과 같다. 없는 것을 위해 싸울 수 있는 사람은 없다. 그렇기에 지금 발해에는 왕이 필요했다. 각지에서 싸우고 있는 백성들의 힘을 하나로 모아 거란과 싸울 수 있는 왕이 있어야 했다.

만일 지방에 은거하던 대수현이 무사히 군영까지 가서 다른 군사들과 합류할 수 있다면 발해에는 새로운 왕이 탄생할 것이고, 백성들은 그 왕을 의지해 싸울 수 있으리라.

그의 목숨은 무슨 일이 있어도 지켜져야 했다. 그는 발해에 남은 마지막 왕자였다. 그것은 또한 그가 마지막 희망이라는 것을 의미했다. 아직 전쟁은 끝나지 않았다.

"다행일세."

대수현의 목소리가 비장한 상념 속의 연소하를 깨웠다.

"자네들이 와줘서 정말 마음이 든든하다네. 고맙네."

연소하는 작은 미소를 보임으로써 대답을 대신했다. 맑게 울리는 그의 목소리는 언제나 아랫사람들에게 신뢰를 준다. 그녀는 대수현을 모시게 된 것이 영광이라는 말을 하려고 했다.

그때 한 줄기 서늘함이 그녀의 감각을 건드렸다. 생과 사가 나뉘는 찰나의 삶에 전부를 걸어온 자들만이 느끼는 감각이었다. 그녀는 법당 앞에 있는 마당으로 달려갔다.

마당의 끝에서는 산 아래가 명확하게 내려다보였다. 숲 속의 나뭇잎들이 움직이고 있었다. 바람이 아니었다. 사람의 동작이 만들어 내는 규칙적인 변화가 해린사를 향해 빠르게 다가오고 있었다.

"동란국 척살단입니다!"

연소하가 빠르게 돌아서며 외쳤다. 무사들의 검이 요란한 소리와 함께 뽑히며 달빛을 반사해 냈다.

법당 앞으로 뛰쳐나온 무사들에게 연소하가 달려갔다.

"왕자 전하를 모시고 떠나주십시오. 이곳은 제가 맡겠습니다."

무사들이 서로를 보며 빠르게 뜻을 교환했다. 그들은 곧 대수현을 호위하며 해린사의 뒤쪽 산길을 통해 빠져 나가기 시작했다. 걸어가던 대수현이 고개를 돌려 그녀를 보았다. 그의 얼굴에는 안타까움과 걱정이 묻어났다. 연소하는 가볍게 고개를 숙여 걱정하지 말라는 뜻을 전했다.

더 지체할 여유가 없었다. 연소하는 척살단이 올라오는 절의 입구를 향해 빠르게 달려갔다. 숲에서 시작된 움직임은 바로 밑까지 올라오고 있었다. 발사되려는 화살처럼 긴장감을 유지하고 있던 연소하의 앞으로 척살단들이 모습을 드러냈다.

그녀는 상대의 대형 안으로 재빠르게 들어갔다. 선두의 척살단 두 명이 그녀의 칼날 아래 피를 뿌리며 쓰러졌다. 척살단은 순식간에 대형을 수습하고 뒤로 물러섰다.

제자리에 정지한 연소하는 땅을 향해 천천히 검을 내렸다. 그리고 자신의 앞쪽에 일자의 선을 긋기 시작했다. 원래는 없던 가느다란 선이 날카로운 검 끝을 통해 땅에 새겨졌다.

"이 선으로 생사(生死)를 나누겠습니다."

다시 들어올려진 연소하의 검이 척살단을 겨누었다.

"여기를 넘는다면 하나도 남김없이 벨 것입니다."

척살단 사이에 긴장감이 감돌았다. 밤의 색깔로 옷을 입은 척살단과 백색의 옷을 입은 연소하가 대치하고 서 있는 모습은 선명한 대조를 이루고 있었다.

척살단은 천천히 옆으로 움직여 가기 시작했다. 그것만으로 의도했던 목적은 달성되었다. 그녀가 해야 할 일은 이곳에 척살단을 묶어놓고 시간을 버는 것이었다. 그러나 척살단은 훈련된 암살자들이다. 곧 자신들이 대결의 주도권을 빼앗겼다는 것을 깨달았다.

"그 따위 말장난으로 얼마나 버틸 것 같으냐?"

동시에 척살단은 공격을 시작하려는 자세를 취했다. 그 순간 날카로운 울음이 하늘에서 들려왔다. 연소하는 고개를 들었다. 밤하늘 위로 달빛을 받으며 한 마리 매가 날고 있었다.

"군화평!"

연소하의 입에서 비명 같은 외침이 터져 나왔다.

매가 떴다는 것은 척살단의 단주인 군화평이 사람 사냥을 한다는 신호였다.

산길을 달리던 대수현과 비선원 무사들이 걸음을 멈추었다. 그들은 매가 척살단주의 것이 아니길 바라는 마음으로 하늘을 보았다. 그 순간 요란한 소리와 함께 반대편에서 거대한 강철의 화살이 날아와 희망을 산산이 부숴 버렸다. 흑색의 강철화살은 군화평의 부하인 단양수가 사용하는 것이었다.

화살에 꽂힌 무사 두 명이 비명을 지르며 뒤로 날아가 나무와 함께 부서졌다. 상황에 대한 판단을 내리기도 전에 또 하나의 강철화살이 공기를 휘감는 파열음과 함께 날아왔다. 무사 한 명이 또다시 꼬치처럼 나무에 박혀 버렸다. 그것이 신호였다. 연속으로 화살들이 밤공기를 찢으며 날아왔다.

남은 자들이 대수현을 보호하며 몸을 피했다. 그러나 화살은 신속하고도 정확했다. 그들은 필사적으로 왕자를 보호하기 위해 달렸다. 그런 행동은 날아오는 화살의 목표를 더욱 뚜렷하게 했다.

무사들이 쓰러지며 뿌리는 비명과 흩날리는 횃불이 어지럽게 뒤섞였다. 거기에 나무의 파열음이 더해지자 새들이 지저귀던 숲은 순식간에 지옥도의 비명을 만들어 냈다.

마침내 철화살의 공격이 멈췄다. 조금 전까지 서 있던 대부분의 사람은 이제 시체로 변해 있었다. 두 명의 무사만이 왕자를 보호하며 살아남았다. 그들의 시선이 화살이 날아온 방향을 향했다.

반대편에서 단양수가 천천히 철궁을 내렸다. 보통 사람의 두 배 가까이 되는 커다란 몸집을 한 그가 조용히 옆으로 물러나자 나무 뒤에서 군화평이 걸어나왔다.

척살단주 군화평. 그 이름은 발해의 저항군에게 공포를 불러일으키는 동시에 곤혹스런 감정을 느끼게 했다. 그는 한때 무신(武神)이라고까지 불렸던 발해의 장군이었다.

군화평이 대수현을 향해 걸어왔다. 어둠 속에서 날아온 화살과 달리 그는 명확한 모습을 가지고 있었다. 살아남은 무사들의 분노가 폭발했다.

"군화평!"

두 명이 동시에 몸을 날렸다. 마치 산보를 하듯 걸어오는 군화평을 향해 그들의 검이 날아들었다. 군화평이 나비를 쫓듯 편안한 동작으로 검을 휘둘렀다.

날카로운 검광이 번쩍이며 두 명의 무사가 쓰러졌다. 걸어오는 군화평의 보폭은 공격을 받기 전과 다르지 않았다.

대수현이 야유를 담아 인사를 건넸다.

"그래도 영광이라고 해야겠구나. 척살단주가 친히 나타났으니."

아무 말없이 군화평은 왕자를 향해 계속 걸어갔다. 그의 검에 진기가 주입되며 진동하기 시작했다. 진동음은 빠르게 상승해 가며 날카로운 소리로 울어댔다.

굳은 표정으로 바라보던 대수현이 천천히 검을 들어올렸다.

연소하는 비선원 무사들의 뒤를 쫓아가려고 했다. 그러나 척살단의 공격은 집요했다. 그들은 절대 승부를 걸지 않았다. 철저하게 그녀의 이동만을 봉쇄하고 있었다. 단순히 길을 막고 묶어두려는 공격자들을 상대로 이기기는 힘들었다. 게다가 매가 나타난 이후로 그녀의 모든 신경은 대수현이 이동 중인 산길로 향하고 있었다.

그녀는 자신이 무엇을 놓치고 있었는지 깨달았다. 척살단은 처음부터 이곳을 사냥터로 잡았다. 오는 길에 척살단과 부딪혔던 두 번의 만남은 자신들을 이곳으로 몰아넣기 위한 함정이었다.

모든 것은 사냥의 일부였다. 척살단이 산 아래서부터 밀고 올라온 것도 자신을 이곳에 묶어두려는 목적이었다. 진짜 사냥은 군화평이 하기로 되어 있었던 게 분명했다. 연소하는 입술을 깨물었다. 상대에게 농락당했다는 사실보다 대수현의 안위가 더 걱정되었다.

그녀의 집중력이 흐트러진 틈을 타 척살단 한 명이 강력한 공격을 해왔다. 검을 들어 다급하게 막았지만 제대로 운기를 하지 못한 듯 그녀의 몸은 뒤로 날아갔다.

문이 박살나는 소리와 함께 연소하가 법당 안으로 빨려 들어갔다. 뭔가 부서지는 소리와 함께 등불이 꺼졌다. 법당 안은 아무것도 볼 수 없는 어둠으로 변했다.

하지만 척살단원들은 함부로 움직이지 않았다. 연소하의 피해는 크지 않을 것이다. 자신들이 안으로 달려 들어가는 순간, 조금 먼저 어둠에 익숙해진 그녀의 공격이 척살단을 향해 날아올지도 모른다. 오랫동안의 경험을 통해 단련된 척살단원들은 그런 수법에 쉽게 말려들지 않고 있었다.

결국 상대를 막아야 하는 연소하가 먼저 밖으로 나오게 만들어야 했다. 척살단은 기다렸다. 하지만 그녀는 나오지 않았고 법당 안은 너무나 조용했다. 척살단원들이 빠르게 법당 안으로 뛰어 들어갔다.

아무도 없었다. 산쪽을 향해 나 있는 반대쪽 문의 열려 있는 모습만이 눈에 들어왔다. 연소하는 왕자를 구하기 위해 척살단의 눈을 속이고 빠져 나간 것이었다.

"젠장!"

척살단의 칼날이 법당 안에 있던 부처의 머리를 베었다.

군화평은 대수현을 향해 천천히 걸어갔다.

"수현 왕자께 알아보고 싶은 것이 있어 왔소이다. 동란국에 협조하지 않으시겠소?"

검의 소리는 더욱 높아지고 있었다. 대수현이 가볍게 한숨을 내쉬며 미소를 지었다.

"자네처럼 발해를 버리고 거란의 개가 되란 말인가? 난 사람일세."

날카롭게 울리던 군화평의 검이 한순간 멈췄다. 소름이 돋을 것 같은 정적이 흘렀다. 대수현을 보는 군화평의 눈에서 살기가 일렁거렸다.

"마지막으로 남길 말은?"

대수현이 검을 들어 공격해 가는 것으로 답을 대신했다. 군화평의 입가에 미소가 퍼졌다. 동시에 그의 검도 공중을 가르며 움직여 갔다. 순간적으로 두 사람의 검이 교차하며 스쳐 지나갔다.

두 사람 모두 아무 이상이 없는 것처럼 돌아섰다. 대수현은 다시 싸우기 위해 검을 들어올렸다. 그러나 군화평은 움직이지 않았다. 비웃는 표정으로 대수현을 바라볼 뿐이었다. 그 순간 대수현의 얼굴에 한줄기 혈선이 드러났다. 그 선은 서서히 여러 갈래로 확장되어 얼굴 전체로 퍼져 나갔다.

군화평이 싸늘한 미소를 지으며 천천히 몸을 돌렸다. 뒤에 남은

대수현이 무엇인가 깨달은 듯 경악스런 눈빛으로 떠나는 군화평을
돌아보았다.

"이, 이것은……."

말과 동시에 대수현의 몸이 폭발하듯 터지며 피가 솟구쳤다.

연소하는 산길을 달리고 있었다. 앞쪽의 언덕으로 비선원 무사들
이 보였다. 일부는 바닥에 뒹굴고 있었고, 일부는 박제처럼 나무에
꽂혀 있었다. 얼굴에 철궁을 맞은 무사의 모습도 보였다.

입술을 깨물고 연소하는 달려갔다. 무사는 검을 들고 싸우다 죽는
것. 그것이 죽은 자에 대한 유일한 위로일 뿐이라고 생각했지만 눈
가에 맺히는 눈물은 어쩔 수 없었다.

연소하는 아직 최악의 상황이 일어나지 않았기를 빌고 또 빌었다.
만일 그런 일이 발생한다면 모두의 죽음은 바닥에 구르는 돌보다 못
한 것이 되어 버린다. 그들이 구천에 가서도 눈을 감지 못할 일이 일
어나서는 안된다. 스치는 바람이 눈가에 맺힌 눈물을 털어서 날려
보냈다.

아직 늦지 않았을 것이다. 마음 속으로 수없이 자신에게 타이르며
연소하가 검을 움켜잡았다. 이제 거의 시체가 보이지 않았다. 주변
을 둘러보았다. 구름이 달을 가려 인세(人世)의 끔찍한 광경을 숨겨
주고 있었다.

그녀의 시선에 쓰러져 있는 하나의 그림자가 들어왔다. 어둠 때문
에 자세한 것은 알 수 없었다. 그녀가 천천히 다가갈 때 구름이 움직
이며 달이 드러났다. 달빛이 비추자 그림자의 모습이 명확해졌다.

피를 쏟은 채 쓰러져 있는 대수현이었다.

"전하!"

연소하는 외마디 비명과 함께 무너지듯 땅바닥에 주저앉았다.

검이 운명을 결정한다

늦가을 산은 단풍을 자랑하고 있었다. 울긋불긋한 나뭇잎의 색깔들이 산의 많은 부분을 덮고 있었다. 그런 가을산의 풍경은 다양한 복장을 한 발해군에게 좋은 위장이 돼 주었다.

지금의 발해군은 하나의 부대가 아니었다. 각지에서 싸우던 부대들이 거란에 맞서 싸우기 위해 모여 있었다. 그렇게 모인 저항군은 새로운 체제로 개편되었지만, 그들의 복장을 통일시킬 여유를 갖지는 못했다. 다양한 색의 발해군이 산의 곳곳에서 동굴을 이용한 임시 진지를 지키며 경계를 서고 있었다.

발해 저항군의 본부로 사용하는 동굴 안에는 장수와 신료들이 탁자를 중심으로 모여 있었다. 피곤하고 초라한 행색, 도피와 전투에 지친 전형적인 저항군의 모습이었다.

그러나 장군의 갑옷을 입은 채 가운데 상석에 앉아 있는 임선지는 쉰이 넘은 나이를 잊게 할 정도로 기골이 장대한 모습이었다. 그가 입을 열었다.

“비통하게도 발해의 새로운 왕이 되실 대수현 왕자 전하마저 군화평에게 시해 당하셨습니다.”

신료들의 얼굴 위로 어두운 그림자가 드리워졌다. 분을 참지 못한 신료 하나가 이를 악물며 외쳤다.

“군화평, 그 역적 놈이 왕족들은 모조리 찾아내 씨를 말리고 있소이다!”

다른 신료들도 격정어린 한탄에 동참했다.

“각지에서 싸우고 있는 백성들에게도 알려져 사기가 말이 아니라고 하더이다.”

“큰일입니다. 이런 때일수록 빨리 왕이 계셔야 하는데…….”

모든 신료들이 각자 자신들의 생각을 옆 사람에 말하기 시작했다. 소란스런 대화를 바라보던 임선지가 천천히 입을 열었다.

“한시라도 빨리 새로운 왕을 모셔야 합니다.”

말을 자르듯 다른 신료 하나가 냉소적으로 답을 했다.

“대수현 왕자마저 돌아가셨으니 누굴 왕으로 모신단 말이오? 누가 남아 있단 말이오?”

그것은 임선지에게 묻는 것이 아니었다. 답답한 심정을 표현한 것뿐이었다. 모든 사람들의 시선이 혹시나 하는 마음을 담아 임선지에게 집중되었다. 하나씩 주변 사람들의 시선을 바라보던 임선지가 나지막하게 이야기했다.

“종적이 묘연했던 왕자님 한 분을 찾아내었습니다.”

조용한 말 속에 담긴 의미가 강렬한 격동이 되어 좌중을 휩쓸고 지나갔다.

"오! 그런 분이 있단 말입니까? 그게 누구십니까?"

대신 한 명이 묻자 다른 신료들은 모두 임선지의 입을 주시했다. 그 시선 속에서 임선지가 조용한 어조로 말했다.

"정현 왕자를 기억하십니까?"

반색을 하던 신료들의 표정이 빠르게 굳어졌다.

천정에서 내려오는 빛이 서늘한 동굴 내부에 한줄기 따스함을 던져주고 있었다. 바닥에 앉아 눈을 감은 채 미동도 안 하고 있는 연소하는 동굴의 일부가 된 것처럼 보였다.

그녀가 동굴 속의 바위가 아니라는 증거는 천천히 움직이고 있는 손가락뿐이었다. 손가락은 꽃잎의 모양을 따라 검의 자루 위를 천천히 움직이고 있었다.

시신을 수습하고 군영으로 돌아온 그녀에게 남은 것은 후회와 자조뿐이었다. 검은 소중한 것을 지키기 위해 드는 것이다. 그녀의 검은 발해의 소중한 희망을 지키지 못했다.

기량이 모자라 싸움에 패한 것이 아니다. 상대와의 전략 싸움에서 패했다. 그녀의 잘못된 판단이 비선원 무사들을 죽음으로 내몰고 왕자의 최후를 불러왔다.

그녀의 잘못된 선택이 위기에 빠진 발해의 저항군에게 희망을 빼앗았다. 발해인들은 앞으로도 최후까지 싸워야 한다. 그러나 그것은 덧없는 싸움이 될지도 모른다. 희망이 보이지 않았다. 백성들은 각자 파편처럼 흩어져 싸우다가 죽어가고 있었다. 그들이 하나로 모이지 않는다면 전쟁은 동란국의 승리로 끝날 수밖에 없다. 왕은 그래서 중요했다.

이 모든 것은 호위를 맡고 있던 그녀 자신의 실수 때문이었다. 홀로 살아남아 돌아온 그녀를 임선지 장군은 용서했다. 그러나 연소하는 자신을 용서할 수 없었다. 군영에 돌아온 직후 그녀는 이렇게 동굴에 앉아 자신에 대한 처벌을 요구했다. 그러나 발해군을 이끄는 임선지는 아무 말이 없었다.

동굴 안으로 발소리가 들려왔다. 연소하는 소리만으로 그것이 누구인지 알 수 있었다. 전투에서 다쳤던 발이 미묘한 소리를 내며 끌리고 있었다.

조천수였다. 어릴 때부터 자신을 군영에서 키워준 은인이다. 그녀는 조용히 눈을 떴다. 조천수가 측은하고 안타까운 표정으로 그녀를 보고 있었다.

"소하야."

군영에서 검을 손질해주며 거칠어진 그의 손과 얼굴이 더욱 초라하게 보였다.

"임선지 장군께서 부르신다."

마침내 때가 되었다. 그녀는 천천히 자리에서 일어났다. 움직이지 않고 있던 다리에 피가 통하며 찌르는 듯한 통증이 밀려왔다.

연소하는 막사 안으로 들어갔다. 임선지는 수많은 지도를 탁자 위에 올려놓고 생각에 잠겨 있었다. 그녀는 한쪽 무릎을 꿇으며 예를 갖추었다.

"비선원 상계 무장 연소하. 비선원주께 인사드립니다."

임선지가 천천히 그녀를 돌아보았다. 그녀의 하얀 얼굴이 더욱 핏기 없이 초췌하게 보였다. 그가 침중한 어조로 물었다.

"음식도 입에 안 댄 채 그러고 있다 들었네."

"발해의 왕이 되실 대수현 왕자를 지키지도 못했고 스스로 죽지도 못했습니다. 죄인으로서 그에 걸맞는 처벌을 기다릴 뿐입니다."

"자넨 죄인이 아닐세."

"무인이 검을 드는 것은 소중한 것을 지키기 위해서입니다. 지켜야 할 것을 지키지 못한 무인은 죄인일 수밖에 없습니다."

"그렇다면 나라를 지키지 못한 우리 모두가 죄인이 아니겠는가?"

임선지가 자조 섞인 한탄을 내뱉었다. 다시 연소하를 바라보는 그의 눈에 복잡한 상념이 교차했다. 이제 명령을 내려야 한다. 자신의 생각이 맞는 것인지 다시 한 번 생각해 보았다. 선택의 여지가 없었다. 그녀만이 유일한 답이었다.

"자네가 그런 생각이라면 아직 할 일이 있네. 이번엔 좀 멀리 가줘야겠네."

연소하에게 다시 임무가 내려지고 있었다. 싸워야 한다면 가장 격렬한 전쟁터가 좋다. 스스로의 목숨을 던질 수 있는 최악의 장소여야 했다. 그녀의 결의가 목소리가 되어 흘러나왔다.

"이 죄인의 목숨, 언제든 전쟁터에서 버릴 준비가 되어 있습니다. 길이 멀다한들 마다하겠습니까?"

"전쟁터가 아닐세. 중원일세."

의외의 말에 연소하는 천천히 고개를 들었다. 임선지가 명확한 목소리로 말했다.

"발해의 왕이 되실 분이 그곳에 계시다네."

이야기를 끝낸 연소하가 막사의 밖으로 나왔을 때 조천수는 아직도 그녀를 기다리고 있었다. 바위에 앉아 풀을 뜯으며 시간을 보내던 그가 다가왔다.

"얘기 들었다. 중원으로 간다고?"

"네."

"나도 마중을 나가게 될 게다."

연소하가 고개를 끄덕였다. 임선지에게 들어서 알고 있는 사실이었다. 조천수가 고개를 들어 하늘을 바라보았다. 새들이 가을 하늘을 배경으로 평화롭게 날고 있었다. 마흔 중반의 그가 옛일을 회상하는 노인의 얼굴을 한 채 중얼거렸다.

"대정현 왕자님을 뵌 지 벌써 14년이 지났구나. 그때 이미 훤칠한 대장부셨는데……."

일순 과거로 돌아갔던 조천수가 연소하를 돌아보며 미소를 지어보였다.

"소하야. 넌 잘 할 게다. 부디 몸조심하거라."

조천수에게 몇 가지의 당부를 받은 후, 연소하는 짐을 꾸리기 위해 자신의 막사로 향했다.

걸어가며 그녀는 임선지와 나눴던 대화를 생각했다. 그 동안 임선지는 중원으로 간 왕자를 찾고 있었다. 그는 사람을 보내 왕자의 행적을 추적했고, 마침내 중원으로 파견한 자들 중 하나로부터 정보가 도착했다. 왕자를 찾아낸 것이었다.

대정현. 그 왕자의 이름은 대정현이었다. 임선지는 잊지 말라는 듯 한자 한자 또박또박 힘을 주어 말했다. 후궁 중 한 명인 오씨 부인의 아들로 14년 전 조정의 정쟁에 휘말려 중원으로 유배를 갔다. 대부분의 후궁이 그렇듯 오씨 부인도 자신의 아들을 세자의 자리에 앉히고 싶어했다. 그래서 여러 대신들의 도움을 얻으려고 했다.

궁궐에 있는 대부분들의 후궁들이 하는 일이었지만 그녀는 운이 나빴다. 최악에서 두 번째인 결과가 나왔다. 죽지는 않았지만 자신의 자식을 발해에서 볼 수 없게 되었다. 열다섯 난 대정현의 유배지는 중원으로 결정되었다.

그것은 어떤 의미에서는 보호 조치였다. 자신이 권력을 잡는데 걸림돌이 될 수도 있다고 생각하는 누군가는 유배된 왕자에게 자객을 보낼 수도 있었다. 유배지가 결정되었을 때, 그것은 대정현에 대한 왕실의 배려라는 소문도 있었다.

그러나 오씨 부인 측에서는 그 배려를 믿지 못하고 중원으로도 자객이 갈 가능성을 생각했던 것 같다. 중원으로 간 지 얼마 되지 않아 유배지에서 왕자가 사라졌다. 정보를 종합해 보면 중원의 다른 지역으로 간 것이 분명했다. 처음에는 논란이 되었으나 오씨 부인이 병으로 죽고 발해 내부의 여러 가지 일들이 발생하며 그 일은 잊혀졌다.

그리고 14년이 흘렀다. 얼마 전까지 아무도 유배된 왕자에 대해서 이야기하지 않았다. 하지만 공식적으로 대정현은 왕실의 죄인이었다. 많은 사람들이 그렇게 기억하고 있었다. 임선지가 중원에 있는 대정현의 이야기를 꺼냈을 때 몇몇의 고지식한 대신들이 노골적으로 난처한 기색을 보였다.

하지만 다른 방법은 없었다. 왕족이어야 했다. 다른 누군가가 새로운 왕이라고 나선다면 백성들은 그것을 발해라고 보지 않을 것이다. 중요한 것은 혈통이었다.

연소하는 왜 자신에게 이 임무가 맡겨졌는지 물었다. 자신이 저지른 실수는 복구 불가능한 치명적인 것이었다.

임선지의 대답은 명확했다. 현재 동란국과 발해의 저항군은 치열한 첩보 대결을 펼치고 있었다. 서로가 상대에 대한 정보를 얻기 위해 가지고 있는 모든 자원을 아낌없이 쏟아부었다.

만일 왕자를 데려오기 위해 부대를 동원한다면 동란국의 눈을 피할 수 없었다. 아주 적은 숫자의 움직임도 적들에게 파악되었다. 아무리 적은 부대의 이동도 누군가 보는 사람들이 있을 것이고, 그 중의 하나는 재물을 위해 그 정보를 팔아넘길 생각을 가지고 있다고 보는 것이 정확했다. 민중의 영웅과 배신자가 함께 태어나는 시대였다.

숫자는 적으면 적을수록 좋았다. 한 명이면 가장 좋았다. 왕자를 포함해 단 두 명이라면 사람들 사이에 쉽게 섞여 모습을 감출 수도 있었다. 그만큼 성공할 확률도 높아지는 셈이었다.

문제는 또 있었다. 중원에서 대정현의 소식을 가지고 오던 군사가 동란국 군사들의 손에 죽으며 왕자에 대한 정보가 적힌 서찰을 빼앗겼다. 지금 자신들이 알고 있는 사실은 척살단도 알고 있다고 보아야 했다. 척살단이 움직일 것이고 그들이 도착하기 전에 왕자를 구출해 발해로 데려와야 했다.

이 모든 조건들을 고려했을 때 임무가 가능한 자는 급격하게 줄어

들었다. 거의 없다시피 했다. 여럿이 움직일 수도 없었고 척살단이 추적할 가능성도 있었다. 절대고수가 아니면 안 되었다. 그래서 그녀가 선택된 것이다.

걸어가는 그녀는 임선지가 했던 마지막 말을 떠올렸다.

'발해의 운명이 자네의 검 끝에 달려 있네.'

임무는 무슨 일이 있어도 성공시켜야 했다. 이번 일에는 그녀가 검을 들게 된 모든 이유가 걸려 있었다.

바람은 커다란 동란국의 깃발을 요란한 소리를 내며 펄럭이게 했다. 그 깃발이 꽂혀 있는 척살단의 진지는 대령산 기슭에 자리잡고 있었다. 제일 높은 절벽의 중간쯤, 아래가 내려다보이는 곳에 커다란 평지가 있고 그곳에 여러 채의 건물들이 모습을 드러냈다.

진지의 가장 큰 건물은 야율철라가 사용하고 있었다. 낮이지만 어두운 실내의 중앙 의자에 오십 중반의 풍채가 좋은 한 남자가 앉아 있었다. 그가 바로 현 동란국 황제의 삼촌이고 재상이며 척살단의 실질적인 지휘자인 야율철라였다.

그의 앞에 서 있던 군화평이 척살단의 상황을 보고했다.

"명하신 대로 매영옥과 마불을 중원으로 보냈습니다."

척살단 부단주인 매영옥의 이름이 나오자 야율철라는 미소를 띠웠다.

"부단주가 고생이 많군. 내 언제 한번 크게 상을 내려야겠어."

군화평은 속을 알 수 없는 표정으로 서 있었다. 그의 눈은 너무나 무심해서 초점을 맞추지 않고 있는 것처럼 보이기도 했다. 야율철라가 서서히 웃음을 거두며 바라보았다.

"군화평. 자넬 안 보낸 이유를 알고 있나?"

중원에 있는 왕자에 대한 정보가 입수되었을 때 야율철라는 척살 단주가 직접 움직여서는 안 된다는 뜻을 전했다. 군화평은 최근까지 너무 많은 전과를 올렸다. 모든 일이 그렇듯이 과한 것은 좋지 않다. 특히 나라가 많은 문제를 가지고 있을 때는 더욱 그랬다.

나라의 문제는 밖에도 있었고 동란국 안에도 있었다. 밖의 문제는 발해인들의 저항이었다. 그들의 저항은 생각한 것보다 거세고 강했다. 아니, 짐작조차 하지 못한 힘으로 반격해 왔다. 또한 특정 지역이 아니라 전 국토에 걸쳐 일어났다.

만일 발해의 백성이 하나로 뭉쳐 덤빈다면 동란국은 패퇴할지도 모른다. 지금처럼 지배 체제를 확고히 하지 못한 동란국은 모래 위에 세워진 성일 수도 있었다.

게다가 거란 내부의 상황은 점점 미궁 속으로 빠져 들고 있었다. 숙적 발해를 멸망시킨 거란의 황제 야율아보기는 어처구니없게도 돌아가던 길에 발해 땅에서 죽었다. 거기서부터 문제가 꼬이기 시작 했다.

그는 세자인 야율배를 이미 동란국의 왕으로 임명해 놓은 상태였 다. 결국 거란 본국의 황제는 둘째 아들인 야율덕광이 이어받았다. 그렇게 되자 거란 본국과 동란국 간에는 미묘한 긴장감이 흐를 수밖 에 없었다.

만일 동란국이 하루 빨리 발해의 힘을 자신의 것으로 만들지 못하 면 거란본국에서 어떻게 나올지 알 수 없는 노릇이었다. 힘이 있어야 협상도 가능했다.

이런 상황에서 무조건 발해 왕족을 죽이는 것만이 능사가 아니었다. 조심스럽게 그들을 포섭해야 한다는 의견들이 나왔다. 척살단에도 죽이기 전에 협조 의향을 묻도록 하라는 명령이 내려왔다.

"발해 왕족들을 모조리 죽여 버리니깐 조정에서 말들이 많아. 무슨 뜻인지 알겠지?"

군화평은 대답하지 않았다. 그도 동란국 조정의 상황이 어떻게 돌아가는지는 잘 알고 있었다. 발해 왕족을 포섭해서 자연스럽게 발해를 통합하자는 의견이 점점 힘을 얻고 있었다.

발해의 장군이었던 군화평은 그 주장이 발해인들을 잘 모르기 때문이라고 생각했다. 어설픈 타협은 돌이킬 수 없는 결과를 초래할 수도 있다. 철저하게 희망을 꺾어야 했다. 발해의 부활에 관한 모든 희망이 사라져야 그 땅에 새로운 나라가 세워질 수 있다. 지극히 간단한 사실을 동란국의 일부가 잊고 있을 뿐이었다.

무슨 말이든 하기를 바라며 야율철라가 바라보았지만 군화평의 입은 열리지 않았다.

"나가 보게."

군화평이 인사를 하고 나갔다. 그의 뒷모습을 보며 야율철라가 혀를 찼다. 군화평은 발해의 왕족에 대해 씻을 수 없는 증오를 가지고 있다. 저항군과 싸우기 위해 그의 증오는 꼭 필요했었다.

그러나 그것은 지금까지였다. 상황이 변하면 필요한 것도 변한다. 야율철라는 우선 상황의 변화를 예의 주시하기로 했다.

나락으로 떨어진 인간들이 모이는 곳. 더 이상 내려갈 곳조차 없는 자들이 모여 사회의 밑바닥을 만드는 곳. 그리하여 절망 속에 하늘의 달마저 떨어지는 곳. 사람들은 그곳을 월낙가라고 불렀다.

긴 날들을 쉬지도 않고 말을 채찍질해 달려온 연소하가 그곳을 걷고 있었다. 지저분한 쓰레기들이 날리는 거리는 날이 어두워지며 더욱 음산한 분위기를 풍기고 있었다. 길가에 앉아 생기 없는 얼굴로 이야기를 하고 있는 사내들이 눈에 들어왔다.

연소하는 그들에게 자신이 찾고 있는 곳을 물어보았다. 사내 중의 하나가 히죽 웃으며 한쪽 방향을 가리켰다. 답례의 의미로 연소하가 공손히 머리를 숙여 인사하자 상대의 얼굴에 당황하는 표정이 역력했다. 오랜만에 받아본 정중한 인사에 사내가 어찌할 줄을 모르고 있을 때 연소하는 이미 사내가 가리켜준 방향으로 걷고 있었다.

길을 따라 걸어가던 연소하는 화려한 장식이 매달려 있는 건물 앞에 멈춰 섰다. 금선각이라고 적힌 간판이 보였다. 거친 사내들을 위해 운영되는 싸구려 도박장이었다.

그녀가 건물의 내부로 들어서는 순간, 터져 나오듯 실내의 소음이 들려왔다. 어두운 도박장 내부에서는 다양한 사람들이 탁자에 앉아 도박에 열중하고 있었다. 한쪽에서 술을 마시기도 하고 몇몇은 여자들과 함께 어지럽게 엉켜 있기도 했다.

연소하는 계산대로 보이는 곳을 향해 천천히 걸어갔다. 금선각의 주인인 만자생이 걸어오는 그녀를 빤히 바라보았다. 그는 붉은 얼굴에 덕지덕지 붙은 탐욕스러운 표정을 감추지 않고 있었다.

연소하는 임선지가 미리 알려준 이름을 댔다.

“소삼을 찾아왔습니다.”

“소삼?”

“그렇습니다.”

“물건이 뭔데?”

연소하를 위아래로 살피는 만자생의 입가에 음탐한 미소가 맴돌았다. 시선이 그녀의 가슴을 향한 채 대답을 재촉했다.

“처분할 물건이 뭐냐고?”

“그 분을 만나 뵙고 말씀드리겠습니다.”

“그 분?”

만자생이 어처구니없다는 듯 웃음을 터뜨렸다.

“저 쪽에 가서 기다려 봐.”

묘한 웃음을 머금은 채 자리를 알려준 만자생은 점원을 불러 귓속말을 했다. 연소하는 주인이 가리켜준 자리로 걸어갔다. 그때 옆에서 왁자지껄한 함성이 터졌다.

주사위 도박을 하던 자들이 환호성을 지르자 주위로 구경꾼들이 몰리면서 더욱 시끄러워졌다. 사람들이 부러움과 질시가 섞인 눈으로 바라보자 주사위 도박을 하던 가운데의 사내는 더욱 기세가 오르는 듯했다. 오랫동안 도박장에서 지낸 누추한 몰골이었지만 눈만은 빨갛게 빛나고 있었다.

연소하는 자리로 가서 앉았다. 주사위 도박장에서 그 사내를 응원하는 목소리가 들려왔다. 그녀는 지그시 눈을 감았다. 단순한 행동이 소음과 공간으로부터 그녀를 분리시켰고, 주변으로 범접할 수 없는 공기가 흐르게 했다. 미동도 없이 검을 잡고 있는 그녀의 모습은 취객들의 어설픈 주사마저 조심하게 만들고 있었다.

"고년 참……."

만자생이 묘한 아쉬움을 담은 눈빛으로 소하를 뚫어지게 바라보았다.

점원이 발을 헤치고 금선각 한 편에 있는 방으로 들어왔다. 그는 탁자에 앉아 있는 남자의 뒤로 조용히 다가갔다. 그가 말을 전할 사람은 물건을 구입하는 사람이었다.

그리고 그 남자의 앞에 있는 세 명은 남의 물건을 동의 없이 가져와 처분하는 것을 업으로 삼고 있었다. 훔친 물건을 처분하기 위해 장물아비를 찾아온 것 같았다.

이제 막 거래가 시작되려고 하고 있었다. 말을 전할 때가 아니라고 판단한 점원은 장물아비의 뒤에서 탁자의 상황을 지켜보았다.

장물아비는 이런 종류의 거래에 이골이 난 표정으로 손님들을 바라보았다. 앞에는 두목으로 보이는 자가 앉아 있었고, 그 뒤에는 두 명의 졸개들이 어떠한 허튼 짓도 용납하지 않겠다는 결의를 담아 장물아비를 노려보고 있었다.

두목이 천으로 감아놓은 물건을 앞으로 내밀었다. 물건을 받아든 장물아비는 천천히 그것을 풀었다. 작은 불상이 모습을 드러냈다. 무척이나 정교한 세공품이었다. 장물아비는 불상을 들어 세심하게 살피기 시작했다. 두목의 눈에 불쾌감이 스쳤다.

"물건은 의심 안 해도 돼. 얼마 쳐줄 건지나 말해봐."

장물아비가 불상에서 시선을 떼지 않고 대답했다.

“그 전에 한 가지만 물어보지. 장물 처분할 곳은 사방에 널렸는데 날 찾은 이유가 뭐야?”

“뒤탈이 없다고 들었다. 소삼한테 맡기면 깨끗하다고.”

“그렇지. 중요한 건 뒤탈이 있느냐 없느냐지, 가격은 그 다음이야. 일단은 살아야 하니까. 안 그래?”

말을 마친 소삼이 두목의 얼굴을 쳐다보았다. 두목의 뒤편에서 코웃음이 터져 나왔다.

“허튼 짓 하지 마. 괜히 값 후려치려고 수작 부리는 줄 다 아니까.”

소삼은 아랑곳하지 않고 두목만을 보며 말을 이어갔다.

“특히 거상 황원기가 총애하는 애첩의 물건을 훔쳤다면 목숨에 더욱 신경을 써야 하지 않겠어?”

물건의 출처가 언급되자 도적들의 눈에 빠르게 당혹감이 스쳐갔다. 반응과는 상관없이 장물아비가 말을 이어갔다.

“황원기는 밑에 부리는 고수만 해도 서른 명 남짓. 그 밑에 졸개들까지 합치면 백 명은 훌쩍 넘어가지. 일 처리 잘못하면 송장되는 건 불 보듯 뻔해.”

“그래서…… 하려는 말이 뭐냐? 무서워서 못 사겠다고?”

순간적인 당혹감을 감추려는 두목의 목소리는 딱딱하고 메마르게 들렸다.

“아니. 나 말고는 처리할 사람이 없단 거지.”

두목은 속으로 안도의 숨을 내쉬었다. 이제 흥정이 시작되고 있었다.

“얼마를 쳐 주겠다는 거야?”

“한 오십냥……."

도적들의 얼굴에 불길이 일었다. 지금 이건 자신들이 한 일에 대한 급료를 계산하는 자리였다. 분노의 기운으로 불만을 쏟아내기 전에 소삼의 말이 이어졌다.

“그 정도가 맞는 값이지만 고생을 많이 한 것 같으니 여든 냥까지 쳐주지."

처음보다는 충격이 덜했지만 충분히 화를 낼 만한 액수였다. 지난 며칠간 자신들의 노력이 싸구려로 평가받고 있었다. 뒤에 있던 졸개 하나가 칼을 뽑으려는 자세로 외쳤다.

“이놈아! 거저먹을 생각이냐?”

모든 것은 거래의 일부였고 소리치는 것은 최종적인 탐색 행위였다. 소삼이 졸개를 무시하고 두목을 쳐다보았다.

“중요한 건 살아남는 거잖아. 안 그래? 어떻게 하겠어?”

두목의 얼굴에 잠시 갈등하는 빛이 스쳤다. 소삼은 결론을 알고 있었다. 장사는 오늘로 끝내는 것이 아니다. 모든 직업이 그렇듯 오늘의 일이 끝나면 내일의 일이 기다리고 있다. 오늘의 불길한 물건은 빨리 처분하는 것이 좋다. 두목은 결정을 내렸다.

“좋다."

소삼은 바지 종아리 춤에서 돈을 꺼내 넘겨주었다. 손에 쥔 돈을 보자 도적들은 아무 말없이 자리에 일어났다. 아무도 조금 전의 분노나 흥분을 가지고 있지 않았다. 모든 것은 일의 일부였고 돈을 받는 순간 일은 모두 끝났다.

도적들이 나가는 것을 보며 점원이 소삼에게 귓속말을 했다. 그는 천천히 고개를 돌려 도박장 쪽을 돌아보았다. 흔들리는 발을 통해 어둡고 먼지 자욱한 실내에 앉아 있는 여자의 모습이 눈에 들어왔다. 그녀가 입은 백색의 옷이 유독 선명하게 보였다.

연소하는 만자생이 있는 계산대를 바라보았다. 그가 밀실 밖으로 나온 남자에게 이야기를 하며 자신을 가리키고 있었다. 어스름한 불빛 아래서 사내의 얼굴이 희미하게 드러났다.

그가 걸음을 옮기자 얼굴이 불빛 아래 드러났다. 불량스러운 모습이지만 뚜렷한 이목구비가 시선을 잡았다. 연소하의 눈가에 격동이 스쳤다.

탁자 앞까지 걸어온 소삼이 그녀를 보았다.

"어디서 들었는지 모르지만 제대로 찾아왔어."

말을 한 후 소삼은 의자를 끌어당겼다. 바닥을 긁는 소리가 실내를 메운 소음 속에 묻히며 사라져갔다. 자리에 앉은 그는 박자를 맞추듯 탁자를 툭툭 쳤다.

"이 동네에선 처음 누구와 거래하느냐가 중요하거든. 오래 거래할 만한 신용 있는 사람을 찾아야지. 그게 바로 나야. 자, 물건을 보자구."

소삼을 바라보는 연소하의 눈가에는 복잡한 상념이 흘렀다.

"뭐야?"

소삼은 기분이 상했다는 듯이 연소하를 보면서 술을 한 모금 들이켰다. 그의 시선이 그녀의 허리춤으로 향했다. 연소하가 허리에 차고 있는 검이 눈에 들어왔다. 그 검의 자루에는 국화가 양각으로 새겨져 있었다.

소삼의 표정이 일순간 굳어졌다. 그는 이것이 거래를 위한 자리가 아니라는 것을 깨달았다.

"묻고 싶은 것이 있습니다. 실례지만 존함이 어찌 되십니까?"

연소하가 자신이 해야 할 가장 중요한 질문을 던졌다.

"소삼을 찾은 건 너야."

"본명을 묻는 것입니다."

소삼은 대답없이 그녀를 보았다. 잠시 뭔가를 생각하던 그가 주위를 둘러보았다. 실내를 메운 함성 속에서 모두들 도박이 주는 열기에 빠져 있었다.

소삼이 빠르게 자리에서 일어났다.

"보는 눈이 많다. 따라와."

소삼은 뒷문을 향해 성큼성큼 걸어간 후 그녀를 돌아보았다. 따라오라는 신호였다. 소삼이 거칠게 뒷문을 열고 밖으로 나갔다. 연소하도 그의 뒤를 따랐다.

시선을 떼지 않고 두 사람을 지켜보던 만자생이 주변을 향해 가볍게 손짓을 했다. 근처에 있던 거친 사내들이 몸을 일으킨 후 하나 둘씩 가게 구석에 있던 무기를 집어들었다.

그리고 천천히 두 사람이 나간 뒷문을 돌아보았다.

금선각 뒷문으로 나온 소삼은 말없이 앞으로 나아갔다. 연소하가 걸음을 재촉해 그에게 따라붙었다.

"아직 대답하지 않으셨습니다."

"쉿!"

소삼은 짧은 바람소리만을 낸 후 계속 걸어갔다. 인적 없는 월낙가의 뒷골목에는 두 사람의 발소리만이 울렸다. 소삼은 뒤를 힐끔 보더니 구부러진 골목길로 방향을 틀었다. 그리고 조금 걸음을 늦추며 연소하의 옆쪽으로 다가왔다.

"네가 가진 그 검 말이야. 그건 딱 두 사람만 가지고 있던 거야."

연소하의 눈이 커졌다. 그가 다시 앞으로 걸어갔다. 골목을 지나 자그마한 공터로 나온 소삼이 돌아섰다.

"내건 진작에 부러져 버렸고, 그럼 남은 건 하나밖에 없으니……."

그는 골목에서 걸어 나오는 연소하의 얼굴을 보며 침착하게 말을 이었다.

"수현 형님이겠군."

연소하의 얼굴에 격동이 스쳤다.

"역시 대정현 왕자님이시군요. 뵐 때 이미 알았으나……."

"수현 형님이 날 죽이라고 보내던가?"

너무나 갑작스럽게 파고든 질문이 연소하의 말문을 막았다. 그때 뒤에서 인기척이 느껴졌다. 골목에서 만자생과 건달들이 걸어 나왔다. 그들은 익숙한 걸음으로 무기를 든 채 좌우로 나뉘더니 두 사람을 포위하듯 둘러싸기 시작했다.

만자생이 미소를 지으며 소삼과 눈빛을 교환했다. 소삼이 금선각의 뒷문을 밀어낼 때 그의 손은 엄지와 약지만을 든 기이한 모양이었다. 그것은 귀찮은 일이 생겼다는 신호였다.

소삼의 직업은 언제나 귀찮은 일이 생기기 쉬웠다. 그리고 이곳에는 그런 귀찮은 일을 귀찮아하지 않고 도와줄 자들이 넘쳐났다. 물론 돈이 들었지만 언제나 그 만큼의 값어치를 했다.

이제는 대정현이라는 것이 밝혀진 소삼이 말했다.

"최근에 계속 이상한 자가 서성거린다 했더니, 결국 자객을 보낸 건가?"

"전하. 무슨 오해가 있는 듯합니다."

"내가 자객을 오해할 리 없지."

대정현은 자객을 피해 이국 땅의 구석으로 숨어들었다. 그리고 언제 찾아올지 모르는 자객을 경계하며 하루하루를 보냈었다. 세월이 흐르면서 경계심이 늦추어졌지만 완전히 사라진 것은 아니었다.

얼마 전 그의 예민한 감각에 자신을 감시하는 눈길이 느껴졌다. 감시자를 쫓으려고 했을 때 그는 이미 사라지고 난 뒤였다. 그리고 지금 발해에서 자객이 찾아온 것이다.

연소하는 사정을 설명해야 했다.

"자세히 말씀드리겠습니다."

대꾸도 하지 않고 돌아선 대정현이 금선각의 주인에게 걸어갔다.

"그래도 동족…… 내 손에 피 묻히긴 싫고…… 부탁 좀 하세."

"부탁이랄 게 뭐 있나. 내가 더 고맙지. 걱정 말고 가봐."

서로를 쳐다보며 건달들이 웃음을 흘렸다. 만자생의 어깨를 툭 치더니 대정현이 골목으로 걸어갔다. 그는 연소하를 흘깃 본 후 골목의 어둠 속으로 사라졌다.

만자생이 비웃는 표정으로 그녀를 보았다.

"뭔가 오해가 있다며? 안 쫓아 갈 거냐?"

"지금은 무슨 말을 드려도 소용이 없을 듯합니다."

연소하는 고개를 숙이며 주변사람들을 향해 예를 갖추었다.

"여러분들이 도와 주셔야겠습니다."

건달들이 웃음을 터뜨렸다. 만자생이 자신의 바지춤을 만졌다.

"그 전에 네가 우리를 도와줘야겠다. 좀 급하거든."

왁자지껄 한바탕 웃음을 터뜨리는 건달들을 연소하는 차분히 둘러보았다. 모두가 흉측한 무기를 들고 있었다.

"만일 손에 든 것을 쓰실 생각이라면……."

모두가 흥미진진한 표정으로 연소하를 보고 있었다.

"포기하시는 게 좋을 겁니다. 전쟁터에서 배운 무공이라 적당히 하는 법을 모릅니다."

건달들의 웃음이 터졌다. 아까보다 더욱 거침없고 유쾌한 웃음이었다.

"아이고. 우리 아가씨. 참 곱게도 말씀하십니다 그려."

"참내. 이 동네에서 저런 순진한 협박을 하는 년이 다 있네. 전쟁터는 무슨 쥐뿔."

"더 볼 거 뭐 있어? 개소리 못하도록 연하게 좀 만들어 봐."

만자생의 마지막 말을 신호로 건달들이 움직이기 시작했다. 연소하는 자신의 검에 손을 대었다가 한숨을 내쉬며 천천히 손을 뗐다. 검을 사용할 상대들이 아니었다.

그녀의 바로 옆에 있던 건달의 몽둥이가 날아왔다. 그녀는 가볍게 피하며 무기를 든 팔을 잡아서 꺾어 버렸다. 뼈 부러지는 소리와 비명이 골목 안으로 요란하게 퍼져 나갔다.

바로 뒤의 다른 건달이 쇠도리깨를 내려쳤다. 어느새 공격의 궤적에서 빗겨난 연소하가 그의 목을 잡아 땅에 내리눌렀다. 땅과 얼굴이 부딪히며 질퍽한 충돌음이 울렸다.

두 명이 당하는 순간 건달들은 도망쳐야 했다. 하지만 조금 전까지 부드럽게 보이던 여자의 인상이 그것을 막았다. 그들은 자신들의 최종적인 승리를 확신하며 일시에 연소하를 공격해 갔다.

연소하는 빠르게 건달들 사이로 움직였다. 동시에 그들의 몸에서 만들어지는 파열음과 비명이 연속으로 울려 퍼졌다. 그녀의 공격은 모두가 관절을 꺾는 치명적인 공격들이었다. 화를 내거나 인상 쓰는 일 없이 담담하게 연소하는 그 모든 것을 해치웠다. 순식간에 건달들 전부가 바닥에 뒹굴었다.

유일하게 서 있던 만자생의 눈이 연소하와 마주쳤다. 얼떨결에 검을 들어 올린 만자생을 향해 그녀가 다가갔다.

"포기하신 줄 알았더니 아니군요."

만자생이 다급하게 자신의 손에 든 검을 보았다. 쇠가 떨어지는 소리와 함께 검이 버려졌다.

"나……난 포기했다."

연소하는 계속 만자생을 향해 걸어갔다.

"포……포기했다니까. 왜 이래?"

연소하가 멈추어 섰다.

"알고 싶은 것이 있습니다."

어떤 정보를 요구하는 것이었다. 요구는 물론 소삼에 관한 것이 분명했다. 만자생의 얼굴에 단호한 표정이 스쳤다.

"아는지 모르겠지만, 뒷골목에는 지켜야 될 의리라는 게 있다."

"전 입을 열게 하는 몇 가지 방법을 알고 있습니다. 다만……."

가벼운 한숨과 함께 연소하가 말했다.

"모두가 전쟁터에서 배운 기술들이라……."

"아, 알고 싶으신 게 뭡니까?"

순식간에 만자생의 입에서 부드러운 목소리가 터져 나왔다.

03

달이 떨어지는 곳에 희망도 떨어지고

월낙가의 한쪽 구석, 오래된 건물의 이층에 있는 집이었다. 삐걱거리는 계단을 올라가 부서진 문을 열면 정리되지 않는 물건들이 널려 있는 방이 나타났다. 대정현은 자신의 집으로 들어섰다. 주변을 분간할 수 없는 실내의 어둠이 깊은 밤이라는 것을 다시 알려주었다.

그는 벽의 빈틈으로 들어오는 어스름한 달빛을 길잡이 삼아 등이 있는 곳으로 갔다. 부싯돌이 켜지며 작은 초에 불꽃을 막 붙이려는 찰나였다.

갑자기 경직되듯 멈추어 선 대정현이 자신의 가슴께를 내려다보았다. 어둠 속에서 나온 한 자루의 검이 자신을 겨냥하고 있었다. 그는 다음 상황을 기다렸다. 검이 자신을 찌르던, 상대가 입을 열던 다음 동작이 이어질 수밖에 없었다. 그러나 검은 움직이지 않았고 상대는 아무런 행동도 취하지 않았다.

대정현은 천천히 불꽃을 쥔 손을 움직여 등불을 밝혔다. 방 안에 빛이 퍼지며 검을 든 상대의 모습이 드러났다. 연소하였다.

"제대로 말씀을 드리려면 이 방법 밖에 없다고 생각했습니다. 자리에 앉아 주십시오."

대정현은 천천히 뒤로 물러나 자리에 앉았다.

"비선원 상계무장 연소하라고 합니다. 무례를 용서하십시오. 전하."

등불에 반사된 연소하의 검이 번뜩이고 있었다. 그의 입가에 차가운 웃음이 떠올랐다.

"당연히 용서해야지. 이 상황에서야……."

"왜 그리 생각하시는지 모르지만 전 자객이 아닙니다."

"그것도 물론 믿어야 되는 거겠지."

그가 웃음과 함께 턱짓으로 검을 가리키며 말했다. 연소하가 자신의 검을 내렸다. 그러자 대정현의 눈이 왼쪽 벽면에 놓인 탁자를 향했다. 작은 함이 보였다.

"발해에서 그런 명을 내리실 분은 한 분도 없습니다."

다시 그가 연소하를 돌아보았다.

"내가 천치로 보이나? 권력투쟁에서 밀려난 왕자를 살려둔다고? 만일 다른 왕자가……."

"다른 왕자 분들은 전부 돌아가셨습니다."

대정현의 표정이 굳어졌다.

"비통하게도 전쟁 중에, 아니면 그 후에 동란국 척살단에게 암살당하셨습니다."

"하려는 말이 뭐냐?"

그가 가라앉은 목소리로 묻자 연소하는 선언하듯 명확하게 자신의 뜻을 전했다.

"전하는 발해의 왕위에 오르셔야 합니다. 제가 발해까지 전하를 모실 것입니다."

멍하게 보이던 정현의 눈빛이 서서히 진지하게 바뀌어갔다.

"그런 거냐? 그래서 나보고 왕이 되라고?"

그는 충격을 받은 듯 비틀거리며 자리에서 일어나 왼쪽 벽면으로 다가갔다. 걸어간 그는 탁자를 내려다보았다. 대정현은 탁자 위의 작은 함을 열고 조그만 주머니를 꺼냈다. 과거를 회상하듯 감정어린 어조로 그가 중얼거렸다.

"자객을 피해 이런 곳에 몸을 숨기고 14년을 살았다. 그런데 이제 그토록 길었던 고통의 시간이 끝나고 내가 발해의 왕이 된단 말이지?"

그는 들고 있는 주머니에서 작고 검은 공을 꺼냈다. 그리고 금방 다른 사람이 된 것처럼 웃었다.

"내가 그 말을 믿을 것 같으냐?"

그가 공을 만지작거리며 말을 이었다.

"그래. 그게 다 사실이라고 치자. 내가 미쳤나? 말이 좋아 왕이지, 거란에 쫓기면서 언제 죽을지 모르는 자리로 가라는 거잖아?"

따지듯 묻던 대정현이 차분하게 말을 이었다.

"너, 내 삶의 신조가 뭔지 알아? 무슨 일이 있어도 살아남는다. 내 관심사는 그거밖에 없어."

말을 마치는 동시에 대정현이 문 쪽으로 빠르게 몸을 날렸다. 도주하는 것으로 생각한 연소하가 그의 뒤를 쫓아 움직였다.

대정현이 돌아보며 싱긋 웃었다.

"그렇게 나올 줄 알았다!"

그는 들고 있던 검은 공을 벽에 그었다. 작은 불꽃이 번쩍이고 연소하의 발 아래로 공이 던져졌다. 연무탄이었다.

순식간에 방안으로 자욱하게 연기가 퍼져 나갔다. 연소하는 보이지 않는 문을 포기하고 빠르게 창 쪽으로 달려갔다. 창에서는 밖이 보였다.

주변에서 흘러나오는 어지러운 불빛과 지나가는 인파들 속에 대정현의 모습은 보이지 않았다. 월낙가의 지리를 잘 아는 그를 찾기는 힘들지도 모른다. 그러나 포기할 수는 없었다. 연소하는 창 아래로 몸을 날렸다.

거리로 나온 대정현은 골목 입구로 발걸음을 옮겼다.

그가 골목의 어둠 속으로 걸어 들어가려는 순간, 쇠몽둥이 하나가 그에게 날아들었다. 처음 공격은 몸을 돌려 가까스로 피했지만 연속적으로 이어지는 기습에는 당할 수가 없었다.

그는 얼굴에 상처를 입고 불빛이 흐르는 거리로 튕겨져 나왔다. 대정현은 입가의 피를 닦으며 골목의 어둠 속을 응시했다. 여러 사람의 발자국 소리가 어우러지다가 밝은 빛 속으로 그들이 걸어나왔다.

선두에 있는 커다란 덩치의 흑혈방주가 미소를 지었다. 그는 월낙가를 지배하는 비적떼의 우두머리였다. 그는 누구보다도 잔혹한 행동으로 이 험한 거리에서 규칙을 정하고 다른 자들의 복종을 이끌어

냈다. 그의 뒤로는 거칠고 포악해 보이는 흑혈방원들이 서 있었다. 흑혈방주가 다가왔다.

"월낙가를 지배하는 게 누구냐?"

대정현이 천천히 몸을 일으키며 내뱉었다.

"흑혈방이라고 합디다."

그의 앞에 멈춘 흑혈방주가 친근한 어조로 물었다.

"그런데 도박장에 보내놨던 우리 애들이 반병신이 돼서 돌아왔다. 체면이 말이 아니게 된 게지. 이제 우린 어찌해야 하나? 응?"

"나한테 물으면, 난 어찌해야 하오?"

흑혈방주의 얼굴에 재미있다는 표정이 떠올랐다.

"하긴 그렇지. 왕자 나으리가 상관할 일이 아니지."

대정현의 표정이 굳었다. 이곳 월낙가에서, 그것도 흑혈방주의 입에서 자신의 과거 신분을 듣는 것은 유쾌한 일이 아니었다. 흑혈방주가 다가와 엄지손가락으로 대정현의 입가에 남아 있는 피를 천천히 닦았다.

"네가 왕자란 말이지. 확실히 이번 일은 돈 냄새가 풀풀 풍기는걸."

월낙가의 소문은 빠르다. 그리고 돈이 되는 일이라면 뭐든지 할 수 있는 자들이 모인 곳이다. 문제가 매우 심각해지고 있었다.

계산대에 기대어 선 만자생은 무척이나 화가 나 있었다. 그에게는 자부심이 있었다. 거친 월낙가에서 도박장을 운영한다는 것은 결코 쉬운 일이 아니었다. 타고난 배짱과 교묘한 술수, 그리고 사람들 사이의 균형감각 등 대단히 많은 것이 필요했다.

그 중에서도 가장 중요한 것은 사람을 보는 눈이다. 도박장의 손님에게 돈을 빌려주는 일에서부터 받는 일까지 정확하게 그 사람을 꿰뚫어 보아야 했다. 그가 얼마를 가지고 있는지, 얼마나 강한지, 모든 것을 정확하게 파악해내야 했다. 강한 상대에게 지나치게 많은 돈을 요구하는 것은 위험할 수도 있었기 때문이다.

그런데 자신은 조금 전 여무사의 실력을 알아보지 못했다. 도대체 왜 그런 일이 일어났는지 그는 계속 고민을 했다. 어떤 상황에서도 높임말을 사용하는 그녀의 태도 때문이었는지 모른다. 아니다. 단순히 그것만이 아니었다. 뭔가 다른 것이 있었다.

문득 만자생은 그녀에게 없던 것을 하나 기억해냈다. 그녀에게는 살기가 없었다.

생각에 잠겨 있던 만자생에게 점원이 다가와 누군가 찾아왔다는 것을 알렸다. 안내를 받으며 금선각 안으로 들어서는 사람은 커다란 키에 쌍검을 메고 있는 여자였다. 만자생의 얼굴에 짜증이 드러났다.

"뭐야? 이거. 재수 없게 또 계집년이네!"

그는 바닥에 침을 뱉으며 푸념을 이어갔다.

"그러지 않아도 초장부터 이상한 년 만나, 별 거지 같은 일을 당했는데……."

말을 하다 문득 만자생은 앞에 있는 여자 무사의 얼굴을 보았다. 그의 등줄기로 서늘한 것이 지나갔다. 여자의 얼굴이 흉측했기 때문이 아니었다. 오히려 아름답다고 하는 편이 옳았다. 그러나 그녀에게서는 피 냄새가 풍기는 것 같았다. 상대를 질식시킬 것 같은 살기였다.

보는 것만으로 상대에게 공포를 준 척살단의 부단주, 매영옥이 입을 열었다.

"소삼을 알고 있나?"

만자생의 심장이 멎는 것 같았다. 또 소삼이었다. 입은 말을 하고 싶었지만 상대에 대한 두려움이 목소리의 작용을 막았다.

매영옥의 뒤로 발소리가 들려왔다. 척살단을 이끌고 마불이 들어왔다. 이국의 승려복을 입고 있는 그의 섬뜩한 얼굴보다 가슴에 매달린 커다란 염주가 먼저 눈에 들어왔다. 염주의 재료가 무엇인지는 분명했다.

사람의 뼈를 깎아 만든 염주를 쓸어내리며 마불이 실내를 둘러보았다. 순식간에 도박장 안으로 자욱한 피 냄새가 가득 찼다. 적어도 만자생은 그렇게 생각했다.

만자생은 이미 처음 질문을 받는 순간에 맹세하고 있었다. 상대가 원하는 것은 뭐든지 대답하는 것으로. 그가 데리고 있는 두 명의 어린 첩에서부터 도박장의 하루 수입, 그리고 감추고 싶은 모든 과거를 말할 것이라고 다짐했다. 하지만 공포 때문에 입이 열리지 않았다.

만자생은 갑작스럽게 조금 전 자신이 매영옥에게 욕을 했다는 사실을 떠올렸다. 그리고 상대의 앞에서 침을 뱉었다. 왜 그랬을까, 머리를 쥐어뜯는 심정으로 고민하는 데 마불이 다가왔다.

"부드럽게 물어서는 대답을 안 할 모양이오."

그는 아니라고 말하고 싶었다. 철장을 뒤로 넘겨 준 마불이 소매를 걷어올리며 미소를 지어 보였다.

"걱정마시오. 부단주. 난 이런 자들을 다루는 방법을 잘 알고 있으니까."

그때 만자생의 잠긴 목이 열리며 목소리가 터졌다.

"저, 그게……."

마불의 주먹이 날아왔다.

흑혈방주는 소삼, 아니 왕자에 대한 것이 궁금해 참을 수가 없었다. 소삼은 돈이 되지 않지만 왕자는 돈이 되기 때문이었다.

"얘기해봐."

"뭘 말이오?"

"자세한 사정을 들어야 가격을 정할 거 아니냐. 널 넘기면 얼마를 받을 수 있는지."

그는 발해에서 온 무사에게 왕자를 넘길 생각이었다. 상대가 왕자의 적이던 신하이던 상관이 없었다. 왕자를 찾는 자들이라면 돈을 가지고 있을 것이고, 그런 자들에게 자신은 필요로 하는 인물을 제공할 수 있었다. 그뿐이었다. 여긴 월낙가이고 무엇이던지 팔 수 있었다.

"그냥은 말을 안 할 모양이다."

그것을 신호로 흑혈방원 두 명이 양쪽에서 대정현의 어깨를 움켜잡았다. 또 다른 자가 대정현의 앞으로 왔다. 주먹으로 자세한 설명을 끌어낼 생각인 듯했다.

"그 손, 멈추십시오!"

낭랑한 여자의 목소리가 울려 퍼지자 명령을 따르는 것처럼 모두가 동작을 정지했다. 연소하가 어둠 속에서 걸어 나왔다.

도박장에 있었던 흑혈방원이 소리쳤다.

"저, 저 년입니다! 우리를 공격한 그년입니다!"

흑혈방주가 고개를 돌려 연소하를 쳐다보았다. 그러나 연소하의 시선은 다른 곳을 향하고 있었다. 대정현을 잡고 있는 흑혈방원들이었다.

흑혈방주가 웃으며 연소하를 향해 다가갔다. 상대는 앞으로 그의 손님이 될 사람이었다.

"어서 오시오. 귀하의 솜씨에 대해서는 매우 흥미롭게 들었소이다. 난 흑혈방을 맡고 있는……."

"분명히 그 손 놓으라고 말씀드렸습니다."

연소하는 흑혈방주를 보지도 않고 대정현을 잡고 있는 두 사람에게 말했다. 말을 들은 당사자도 주변의 사람들도 모두가 웃었다.

월낙가에서 흑혈방에 둘러싸인 여자가 무슨 말을 하던 효과가 있을 리 없다. 이곳에서는 흑혈방이 바로 법이다.

친절한 미소를 지으며 그들의 방주가 사실을 설명해주기 위해 다가갔다.

"소용없소이다. 나랑 얘기를 해야 할 거요. 난 흑혈방을 맡고 있는……."

연소하의 검이 뽑히며 번쩍였다. 대정현을 잡고 있던 두 명의 흑혈방원이 팔에서 피를 쏟으며 쓰러졌다. 갑작스런 사태에 멈칫하며 모두가 연소하를 보았다. 시선의 중심이 된 그녀만이 아무 일 없는 듯 대정현에게 예를 갖췄다.

"전하. 어디 다치신 데는 없으십니까?"

살기에 가득 찬 흑혈방원들이 다양한 욕설들과 함께 무기를 빼어 들었다. 흑혈방주가 광기 섞인 분노를 터뜨렸다.

"젠장! 소삼이를 죽이러 온 년이라며? 어떻게 된 거야? 같은 패거리잖아! 상관없어. 둘 다 죽인 후에 거래할 놈을 찾아보면 돼. 죽여라! 상대는 둘뿐이다."

흑혈방원들이 무기를 들고 걸어왔다. 연소하가 대정현의 앞으로 움직였다.

"걱정 마십시오. 전하. 제가 보호할 것입니다."

연소하의 머릿결이 바람에 날리며 목덜미가 드러나자 대정현은 참으로 피부가 하얗다고 생각했다. 아니면 창백한 건가. 어느 쪽이던 이 순간에 어울리는 고민은 아니었다.

흑혈방원들은 상대의 솜씨를 보았기에 섣불리 달려들지는 않았다. 자신들의 숫자를 믿고 천천히 포위하며 압박을 해왔다.

"어이쿠!"

그 순간, 흑혈방주 앞으로 비명과 함께 피투성이의 그림자가 굴러왔다. 만자생이었다. 눈과 볼이 본래의 얼굴을 알아볼 수 없을 정도로 부풀어 있었다. 그러나 사람들을 혼란스럽게 한 것은 그의 얼굴에 떠오른 공포였다

"바…… 방주님…….''

만자생이 돌아보는 방향을 흑혈방주도 바라보았다. 매영옥과 마

불을 따라 무사들이 걸어오고 있었다. 흑혈방주는 뭐라고 말을 하려다 포기했다. 상대의 분위기가 그것을 거부하고 있었다.

걸어온 매영옥이 다른 사람은 안중에도 없다는 듯 연소하만을 바라보았다.

"연소하…… 너로구나. 네가 여기로 온 것이구나."

매영옥의 얼굴에 살기가 서리기 시작했다.

"몇 번 지나쳤으나 인사를 드리는 건 처음인 것 같습니다. 비선원 상계무장 연소하입니다."

아침에 일어나 옆집 사람과 대화를 하듯 부드러운 표정으로 말하는 연소하의 뒤에서 대정현이 물었다.

"저 사람들은 또 누구냐?"

"말씀드린 동란국 척살단입니다."

대정현은 턱하고 숨이 막히는 듯했다. 그는 눈 앞의 상황을 보면서 연소하의 동료들이 온 것으로 생각했었다. 그런 오해를 한 것은 대정현만이 아니었다.

흑혈방원 하나가 방주의 옆으로 오며 말했다.

"어, 어쩌죠? 두 놈이 아닌가 본데요."

"여긴 우리 구역이야. 숫자도 우리가 많아."

흑혈방주의 목소리에는 자신감이 없었다.

매영옥의 옆에 있던 마불이 두 사람을 향해 합장을 했다.

"연시주. 불필요한 살생은 피하는 것이 좋지 않겠소? 대정현만 내놓으면 연시주의 목숨은 보장하리다!"

"제 임무는 무슨 일이 있어도 전하를 지키는 것. 그 일만은 절대 용납할 수 없습니다."

"말로는 안 되겠구려!"

마불의 신호에 척살단원들이 검을 뽑아 들며 빠르게 포위 대형을 형성했다. 연소하도 대정현을 등진 채 검을 뽑아들었다. 순식간에 달빛을 튕겨내는 병장기들의 반사광이 골목을 가득 메웠다.

흑혈방주는 회심의 미소를 지었다. 나중에 나타난 자들은 소삼과 같은 편이 아니었다. 강한 자들과 거래할 수 있게 되었다. 흑혈방이 자신들 편이 될 수 있다는 것을 알면 그들도 기뻐할 것이라고 생각하며 흑혈방주가 앞으로 걸어갔다.

"모두 멈추시오!"

그는 척살단 사이로 걸어 들어갔다. 그리고는 방설임 없이 매영옥에게로 향했다.

"뭐냐?"

매영옥이 차갑게 물었다.

"돌아가는 형색을 보아하니, 이쪽이 우리와 손을 잡을 쪽인 것 같소이다!"

"비켜라."

"얘길 나누는 게 좋을 거요. 난 흑혈방을 맡고 있는……."

말이 끝나기도 전에 매영옥의 검이 부드럽게 흑혈방주의 목을 스쳐 지나갔다. 지나던 친구의 어깨를 툭 치듯이 자연스런 동작이었다. 목에서 피를 쏟으며 흑혈방주가 쓰러졌다.

흑혈방원들은 자신의 눈으로 본 것이 현실이라는 것을 깨닫는데 시간이 필요했다.

이곳은 월낙가다. 그리고 월낙가의 지배자는 흑혈방이다. 사실과 상관없이 머리에 입력된 지식이 그들에게 분노를 일으켰다. 여기저기서 고함이 터져 나왔다.

"바…… 방주님을 죽였어!"

"뭣들 해? 죽여 버려! 숫자는 우리가 많다!"

골목 안은 순식간에 아수라장이 되었다. 싸워야 할 대상을 바꾼 흑혈방들이 척살단을 향해 달려 들어왔다. 그러나 그들은 거칠게 살아온 거리의 범죄자들이지 훈련받은 살인자들이 아니었다. 푸줏간 주인이 자신의 일을 하듯 척살단은 아무런 감정 없이 검을 휘둘러 흑혈방원들을 베어나가기 시작했다.

비명소리가 좁은 골목길을 울렸다.

쓰러지는 흑혈방원들이 엉키며 검의 진행을 방해하고 있었다. 만자생은 혼란스런 틈을 타 바닥을 기어서 싸움터에서 도망쳤다. 흑혈방주의 죽음을 본 그는 제정신이 아니었다. 이곳으로 올 때 그는 나름대로 믿는 구석이 있었다.

흑혈방주에게 자신이 당한 억울함을 하소연하며 복수를 부탁할 작정이었다. 하지만 눈 앞에서 한 마리 벌레가 뭉개지듯 그가 죽어 버렸다.

만자생은 흑혈방주를 둘러싼 수많은 신화와 전설을 기억하고 있었다. 그 수 많던 소문과 공포의 주인공이 시체가 되어 길 한편에 나뒹굴고 있었다. 그는 필사적으로 바닥을 기어 그곳을 빠져 나갔다.

갑작스런 상황 변화 때문에 구경꾼이 된 대정현은 멍하니 눈 앞의 광경을 바라보고 있었다.

"전하. 달리십시오."

"뭐?"

대정현이 연소하를 돌아보았다.

"도망쳐야 합니다."

그도 월낙가에서 잔뼈가 굵은 몸이다. 그는 달리기 시작했다.

두 사람의 도주를 눈치챈 매영옥이 외쳤다.

"놓치지 마라!"

몇몇의 척살단원들이 일방적 살육의 현장에서 몸을 빼내 두 사람을 쫓았다.

연소하와 정현은 골목길을 달리고 있었다.

"도대체 뭐가 어떻게 된 거냐?"

대정현이 달리며 물었다. 대답 대신 연소하의 손이 그의 머리를 잡아 아래쪽으로 눌렀다. 동시에 그의 머리가 있던 공간으로 암기가 날아왔다. 요란한 소리를 내며 벽에서 파편이 튀었다. 고개를 들어 뭔가 말하려는 대정현의 시야에 달려오는 척살단이 들어왔다.

당황하는 그를 이끌고 연소하가 다시 달리기 시작했다. 골목길을 도는 순간 다시 척살단이 나타나 공격해 왔다. 연소하는 그를 보호하며 검을 튕겨냈다. 그러나 뒤쪽에서 또 다른 척살단이 달려오고 있었다.

앞뒤로 포위된 상태에서 연소하가 대정현을 품에 안듯이 잡으며 회전을 했다. 그녀의 가슴에 파묻혀 움직이는 대정현의 얼굴 위로 당혹스러운 표정이 떠올랐다. 연소하가 그를 이끌고 지붕으로 솟구쳐 올랐다. 위에 착지한 두 사람은 지붕 사이를 건너며 달리기 시작했다.

밤을 배경으로 지붕 위의 추격전이 벌어졌다. 지붕 위는 골목과 다르다. 앞을 막는 장애물도 없지만 시야를 가리는 것도 없다. 척살단은 명확하게 보이는 목표를 뒤쫓기 시작했다. 두 명의 척살단원이 반대쪽 지붕으로 도약한 후 두 사람의 진로를 막으려고 했다.

연소하는 방향을 틀어 대정현의 손을 잡은 채 가장 넓은 지붕 사이로 도약을 했다. 뒤에서 쫓던 척살단은 따돌렸지만 길을 막으려던 두 명의 척살단원이 나타났다. 그들이 채 준비를 갖추기도 전에 연소하의 검이 먼저 쏘아져 나갔다. 그들이 피를 뿌리며 지붕 아래로 떨어졌다.

"또 올 것입니다! 빨리 피하셔야 합니다!"

말과 동시에 벌써 연소하는 움직이고 있었다. 대정현이 그녀의 손목을 잡아챘다.

"그 쪽이 아니야."

연소하는 자신의 손을 잡고 있는 또 다른 손을 보았다.

"이 거리는 내가 잘 알아. 날 따라와."

대정현은 연소하를 이끌고 지붕에서 뛰어내렸다. 그리고 그녀가 가려던 길의 반대편으로 달렸다.

곳곳에 틈이 벌어진 판자를 통해 창고 안으로 달빛이 흐릿하게 스며들었다. 그 중 하나를 통해 대정현은 밖을 내다보았다. 거리에서는 척살단이 자신들을 찾고 있었다. 그들은 다양한 경우를 대비해 훈련된 자들이었다. 전체 거리를 일정한 구역으로 나눠 두 번씩 수색하는 방식으로 확인하고 있었다. 주변을 살피며 두 번째 조의 척살단이 멀리 사라졌다.

몸을 돌리며 대정현이 여유를 찾은 목소리로 말했다.

"됐어. 다들 그냥 지나갔다."

연소하는 그의 말에도 경계를 늦추지 않았다. 벽에 기댄 그녀의 신경이 반쯤은 창고 밖의 거리를 향하고 있었다.

그 모습을 보던 대정현이 시비를 걸듯 물었다.

"말해봐. 너 정체가 뭐야?"

대답하기 힘든 질문이었다. 조금 더 구체적인 질문이 이어졌다.

"너 어느 편이야?"

"무슨 말씀이십니까?"

"아까 그 척살단과 무슨 관계냐구?"

"척살단은 대부분 발해군에서 넘어간 자들입니다. 과거 군영에서 몇 번 얼굴을 마주친 적이 있습니다."

"그래서 그렇게 인사를 했다?"

"뭐가 잘못 됐습니까?"

잘못 됐냐고 묻는 것이 도리어 잘못 됐다고, 대정현은 그렇게 말해주고 싶었다. 상대방은 자신들을 죽이려는 적이었다.

문득 대정현은 그녀가 금선각의 패거리들에게도 예의바른 자세를 취했던 것을 떠올렸다. 그녀의 특이한 말버릇을 따지기보다 더 궁금한 것을 묻기로 했다.

"그럼 수현 형님과는 무슨 관계냐?"

연소하의 눈 속에서 아픔과 슬픔이 일렁였다.

"전하를 호위한 적이 있습니다."

대정현은 단순히 그런 관계가 아닐 것이라고 생각했다. 그녀가 들고 있는 검이 그것을 증명했다. 부친이 내려준 검을 그저 호위하는 무사에게 주었을 리가 없다. 대단히 신뢰하는 심복이어야 했다. 아니면 대단히 마음을 두고 있는 사람이거나…….

"이젠 가야 합니다."

연소하가 대정현을 보며 말했다.

"가긴 어딜 가? 여기가 제일 안전한 곳이라고 내가 말했잖아."

"월낙가에 안전한 곳은 없습니다. 여길 떠나셔야 합니다."

그녀는 지금 다시 발해로 떠나자고 말하고 있었다. 대정현은 코웃음을 쳤다. 그곳은 여기보다 더 위험했다. 무엇보다 발해로 가는 것은 지금까지 그가 지켜온 신조를 무너뜨리는 일이었다. 그에게는 세상 어떤 것보다 살아남는 것이 우선이었다.

"살아남는 것만이 유일한 관심이라고 하셨습니까? 그럼 다른 방법은 없습니다."

연소하가 그의 생각을 읽었다.

"이곳에 있는 한 저들은 결국 왕자 전하를 찾아낼 것입니다. 월낙가에 있는 전부를 죽여서라도 말입니다. 그것이 척살단의 방식입니다."

그 말을 의심할 생각은 들지 않았다. 대정현 자신도 척살단을 보는 순간 그들이 어떤 자들인지 느낄 수 있었다. 그렇다고 발해로 가는 것도 미친 짓이었다. 아무 말없이 연소하를 보던 대정현이 몸을 돌렸다.

"그럼 날 따라와."

연소하가 의아한 얼굴로 바라보았다.

"월낙가를 벗어나는 가장 빠른 길을 아니까."

대정현은 여유 있는 걸음으로 앞서 걸어갔다.

04

험난한 여정보다 험난한

식탁 위에는 요리들이 즐비하게 놓여 있었다. 두 사람이 먹기에는 많은 양이었다. 대정현은 즐거운 듯 자신이 주문한 음식을 먹기 시작했다. 다양한 요리의 맛을 골고루 본 그는 기분 좋게 술을 들이켰다. 그리고는 빈 잔을 내밀었다.

"한 잔 할래?"

"말씀하신 빠른 길이 이겁니까?"

그의 앞에 앉은 연소하가 말했다.

"잘 먹어야 빨리 가지. 먹지도 않고 어떻게 먼 길 가려고 그래?"

말을 마친 대정현은 완자 세 개를 한꺼번에 집어먹으며 미소를 지었다. 처음부터 그는 그녀의 이야기를 진지하게 생각하지 않았다.

빠른 길로 안내하겠다던 그는 월낙가에서 나오자마자 산길을 택했다. 그리고 산 속에 있는 이 주막으로 왔다. 이곳은 관부의 눈을 피하거나 마을로 가기 힘든 사연을 가진 거친 자들이 모이는 곳이었다. 그럼에도 불구하고 큰 문제는 일어나지 않았다.

　주막의 손님들은 대부분 문제가 생기는 것을 귀찮아했고, 심정적으로 주막이 계속 유지되기를 바랐다. 만일 문제가 생기면 그들은 한 잔 술을 위해 관부가 있는 마을 근처까지 가야만 했다. 그런 현실적인 이유로 거친 자들이 모여 드는 주막이었지만, 큰 충돌 없이 운영되고 있었다.

　연소하의 신경이 예민해졌다. 이곳은 월낙가에서 너무 가까웠다. 척살단의 진정한 힘은 암살 능력이 아니라 추적 능력이다. 발해의 요인들이 어디로 숨어도 그들은 결국 찾아냈다. 깊은 산중에 은둔하던 왕족도 죽었고, 가족을 보러 고향으로 가던 장수도 죽었다. 정보를 빼내서 도망쳐 오던 간자(間者)도 죽었다. 더는 지체할 수 없었다.

　"전하⋯⋯."

　연소하가 입을 열어 길을 재촉하려고 하는 순간, 아래층에서 여러 사람이 들어오는 시끄러운 소리가 들렸다. 그리고는 갑자기 이상할 정도로 조용해졌다. 식당의 아래층에 있던 사람들이 동시에 입을 닫은 것이다.

　이층으로 올라오는 계단이 삐거덕거리며 울리기 시작했다. 여러 사람이 계단을 밟는 소리가 점점 크게 들려왔다. 연소하는 긴장한 표정으로 이층의 계단 입구를 바라보았다. 짙은 갈색으로 된 똑같은 복장을 입고 등에 검을 멘 무사들이 나타났다. 연소하가 무릎 위의 검을 고쳐 잡았다.

　대정현이 술잔을 든 채 말했다.

　"어, 비도문이네."

　연소하가 다시 대정현을 돌아보았다.

“비도문이라고 흑도방파야. 문양을 보니 알겠어. 저 치들 요새 대문주인지 뭔지가 죽어서 정신없다고 하던데.”

비도문원들은 모두 침통한 표정으로 왼팔에 검은 천을 두르고 있었다. 그들은 비어 있는 식당의 중앙을 내버려두고 벽을 등진 구석 자리로 가서 자리를 잡았다.

주막의 점원이 굽실거리며 다가오자 한 명이 대표로 식사를 주문했다. 점원은 긴장한 표정으로 주문 사항을 외웠다. 인원은 많았지만 종류는 적었다. 각 요리별로 정확한 인원 수만 알면 됐다.

“그리고, 음식은 아래층부터 가져다주게.”

“예. 알겠습니다. 밑에 계신 일행 분들부터 드리겠습니다. 그리고 술은 뭘로?”

주문을 하던 비도문원이 대사형을 돌아보았다.

“자중하라. 대문주님의 상을 치르러 가는 길이다.”

대사형은 단호했고, 아무도 그것에 불만을 제시하지 않았다. 주문을 담당한 비도문원이 고개를 저었고, 점원은 공손하게 인사를 하고 물러갔다.

아무 말없이 탁자만을 내려다보는 비도문원들의 얼굴에는 비장감이 감돌았다. 그들은 자신들이 존재하지 않는 것처럼 그렇게 앉아 있었다. 서서히 주변에 있던 사람들이 그들에게 적응하며 나지막하게 이야기를 나누기 시작했다.

일찌감치 그들에 대한 관심을 접은 대정현은 술병을 들어 자신의 잔에 술을 따랐다. 느긋한 동작이었고 일어날 기색은 보이지 않았다.

연소하가 자리에서 일어났다.

"가는 것이 좋겠습니다. 일어서시지요."

대정현이 잔을 들어올린 채 흔들었다.

"가고 안 가고는 내가 결정해. 내가 싫으면 안 가는 거야."

"안 가시면 무례하게 모실 수밖에 없습니다."

대정현은 빤히 그녀를 바라보았다. 연소하의 부드러운 눈을 통해 단호한 의지가 흘러나왔다. 그녀는 결코 뜻을 꺾지 않을 기세였다. 하지만 그도 생각을 바꿀 마음이 전혀 없었다. 둘의 의지가 허공에서 부딪혔다. 아무도 눈을 돌리지 않았다.

대정현이 입을 열었다.

"누구 말이 맞는지 한 번 해볼까?"

말이 끝나자 그는 들고 있던 술잔을 집어던졌다. 잔은 연소하를 지나 비도문원들의 머리 위의 벽에 부딪히며 날카로운 소리와 함께 깨졌다. 아무도 움직이지 않았다. 숨 막히는 침묵이 식당 안을 내리눌렀다.

연소하가 뒤를 돌아보았다. 비도문원들이 대정현 쪽을 바라보고 있었다. 누가 먼저라고 할 것 없이 그들이 일어났다.

"그만."

비도문의 대사형이 일어서며 낮은 목소리로 일행을 제지했다. 그리고는 대정현을 바라보았다. 그는 뭔가 합당한 이유를 제시할 것을 요구하고 있었다. 실수였든 우연이었든 사과를 하고 받아주면 그만이었다. 지금은 자중해야 할 때였다.

그러나 잔을 던진 사내는 당당하게 외쳤다.

"여기 계신 우리 사부께서 귀공들께 한마디 물어보라고 하셨소이다."

우연이 아니었다. 비도문들의 시선이 일제히 앞에 서 있는 연소하를 향했다. 그녀에게서 풍기는 기도가 심상치 않았다. 배짱 좋게 술잔을 던진 자가 스승이라고 말했으니, 실력도 보통이 아닐 것 같았다. 검을 잡은 비도문원들의 손에 힘이 들어갔다.

대정현이 빠르게 말을 이었다.

"비도문 대문주가 계집을 하도 밝혀서 골로 간 거라고, 그러니까 복상사로 뒈졌다는 소문이 있던데, 그게 사실이냐고 물으셨소."

말이 끝나기도 전에 검을 뽑는 소리와 욕설이 동시에 울렸다.

"이런 미친 년!"

대사형의 눈에서 불꽃이 튀었다. 문원들의 검 끝에서는 분노의 열기가 이글거리고 있었다. 비도문원들은 빠르게 연소하 쪽을 향해서 걸어왔다. 식당 안에 있던 다른 자들이 빠르게 벽 쪽으로 움직이며 자리를 피했다. 중앙에 있던 의자와 식탁이 요란한 소리와 함께 사방으로 날아갔다.

연소하는 짧게 한숨을 내쉬며 대정현을 보았다. 그는 목 뒤로 양손을 깍지 낀 채 싱글거리고 있었다. 자신과 상관없는 싸움을 바라보는 호사가(好事家)의 표정이었다.

그녀는 임무를 받았을 때 무척이나 험난한 여정이 될 것이라고 생각했다. 그러나 길이 문제가 아니었다. 훨씬 더 험난한 문제가 도사리고 있었다.

연소하는 다가오는 비도문원들을 보며 말했다.

“그냥 못 들은 걸로 하고 끝내시지요.”

“이년아! 늦었다! 다 들어 버렸어!”

두 명의 비도문원이 공격을 해왔다. 그들과 원한은 없다. 그녀는 공격해 오던 자들을 검집을 이용해 원래의 자리로 날려 보냈다.

“고수다. 조심하라.”

다급한 외침과 함께 물러선 비도문원들이 자세를 바로잡았다. 홍분때문에 물불 안 가리고 달려들던 그들의 얼굴에 긴장감이 흘렀다.

대사형이 손짓을 하자 다른 문원들은 좌우로 움직이며 진을 형성했다. 연소하는 상황이 점점 더 고약한 방향으로 간다고 생각했다.

그 순간 연소하의 머릿속에 무엇인가 떠올랐다. 그녀는 대정현이 있던 자리를 돌아보았다. 보이는 것은 식탁 위에 남겨놓은 음식뿐이었다. 밖으로 통하는 식탁 뒤쪽의 문이 덜컹거리며 밤바람을 통과시키고 있었다.

빨리 뒤를 쫓아나가야 했다. 그러나 비도문원들은 이미 그녀를 포위하고 있었다. 그들은 좁은 공간에서 삼인 일조로 공격과 방어를 위한 대형을 형성하며 각 방위를 막아갔다. 오랫동안의 훈련을 통해 준비된 진법이었다. 쉽게 빠져나갈 수 있을 것 같지 않았다.

연소하는 초조한 표정으로 빠르게 검을 잡았다. 비도문원들은 공격을 위해 한 발을 앞으로 내딛었다.

“멈춰라.”

아래층에서 계단을 통해 청아한 여인의 목소리가 울려왔다. 동시에 계단 앞에 있던 자들이 뒤로 물러서며 길을 열었고, 아래층에 있던 두 명의 비도문원들이 올라와 공손한 자세를 취했다. 그 사이로 한 명의 여인이 올라왔다. 연소하보다 대여섯 살 정도 위로 보이는 그녀는 다른 비도문원들과 달리 금색의 수가 놓인 겉옷을 걸치고 있었다.

이층으로 올라온 여인이 미간을 찡그리며 비도문의 대사형을 보았다.

"무슨 일이냐? 아버님의 상중이다."

대사형이 새로운 비도문주에게 말했다.

"저자가 시비를 걸어오기에 어쩔 수가 없었습니다."

대답이 끝나기도 전에 비도문주의 손바닥이 그의 복부를 가격했다. 요란한 소리와 함께 대사형이 탁자를 부수고 식당의 구석에 처박혔다.

비도문주가 주변을 돌아보며 말했다.

"분명히 명을 내렸다. 무슨 일이 있어도 자중하라고."

모두가 긴장한 표정으로 고개를 숙였다. 비도문주의 시선이 연소하를 향했다.

"비록 상중이라고는 하나, 도발에 대한 응징은 피로써 하는 것이 비도문의 전통."

비도문주가 앞으로 발을 내딛자 겉옷이 날리며 왼쪽에 차고 있는 그녀의 검들이 드러났다. 크기가 다른 세 개의 검이었다. 그녀가 천천히 걸어오며 왼쪽으로 손을 뻗었다.

"납득할 만한 이유를 대지 못하면 비도문의 이름으로 그대를 벨 것이다."

연소하를 향해 걸어가며 비도문주가 세 개의 검 중 가장 큰 것을 움켜잡았다.

　바람이 불자 달빛을 받은 갈대들이 춤을 추듯 부드럽게 흔들렸다. 대정현도 갈대처럼 건들거리며 산길을 걷고 있었다. 연소하를 주막으로 데려간 그의 계획은 멋지게 성공했다.

　그곳은 항상 언제 불길이 치솟을지 모르는 위험이 잠복해 있었다. 결국 그가 던진 작은 불씨가 비도문을 만나 멋지게 발화(發火)했고, 그 틈을 이용해 귀찮던 여무사를 떨쳐버릴 수 있었다.

　대정현은 이제 걱정할 것이 아무것도 없다고 생각했다. 가벼운 마음으로 이 길을 지나 사라지면 그만이었다. 그런데 무엇인가 발길을 자꾸 무겁게 했다. 그는 자신이 왔던 산길을 돌아보았다.

　언덕 너머의 주막에서는 지금쯤 승부가 났을지도 모른다는 생각이 들었다. 자신이 봤던 연소하는 대단한 고수였으니, 아마 죽지는 않았으리라.

　대정현의 발길이 멈췄다. 하지만 상대는 흑도의 강자 비도문이다. 웬만한 명문정파도 길에서 그들을 피해간다고 할 정도로 지독한 근성과 거친 성정(性情)을 가진 자들이었다.

　게다가 무림문파들이 무서운 것은 보유한 고수들 때문만이 아니다. 모든 문파는 진법이라고 하는 집단의 무공을 수련한다. 그들은 하나의 작은 군대였다. 아무리 뛰어난 고수라도 혼자서 당해내기는 힘들다.

　대정현은 마음이 무거워졌다. 그러나 더 고민해 봐야 소용이 없었다. 잘못은 그녀에게 있다. 자기 같은 놈을 데려다가 왕을 만들겠다는 터무니없는 계획을 세운 그녀가 잘못한 것이다. 대정현은 그렇게 생각하며 발걸음에 힘을 실어 앞으로 나아갔다.

그때 앞쪽에서 인기척이 들리더니 갈대가 거세게 흔들렸다. 그리고는 사람 하나가 튀어나왔다. 대정현은 그 사내를 본 적이 있었다. 주막에 있던 비도문원이었다.

"찾았다, 여기다!"

그의 외침이 울려 퍼지자 갈대숲 전체가 흔들리며 움직여왔다. 사방에서 갈대를 헤치고 비도문원들이 튀어나와 살기 가득한 눈빛으로 대정현을 바라보았다.

그는 당황했다. 연소하는 별로 버티지도 못하고 비도문에게 당한 것인가. 그리고 그녀를 쓰러뜨린 비도문은 그녀의 제자를 찾아나선 것인가.

흑도의 문파들은 명예보다는 체면을 중시한다. 모두의 존경을 받으며 오늘날의 비도문을 만들어낸 대문주를 자신들의 눈 앞에서 모욕한 자를 그냥 보낼 리가 없었다. 확실했다. 그들의 얼굴에 떠오른 불타는 적개심이 그것을 증명했다.

갈대숲이 다시 갈라지자 비도문원들은 좌우로 물러서며 공손한 표정을 지었다. 그들의 우두머리가 오고 있는 것이 분명했다. 아마 비도문주일 것이다.

대정현은 긴장한 눈빛으로 숲에서 나오는 사람을 보았다. 화려한 수가 놓인 겉옷을 입고 있는 비도문주가 모습을 드러냈다.

대정현은 경악한 표정으로 앞을 바라보았다. 비도문주와 함께 연소하가 걸어 나오고 있었다. 두 사람은 웃음을 머금은 채 이야기를

하며 나오고 있었고, 비도문주의 손은 친자매처럼 그녀의 손을 꼭
쥐고 있었다.

연소하가 비도문주에게 가벼운 눈인사를 했다. 비도문주가 고개
를 끄덕이며 그녀의 손을 놔주었다. 멍하니 서 있는 대정현에게 연
소하가 걸어왔다.

"많이 지체 되었습니다. 그만 가시지요."

대정현은 상황이 어떻게 돌아가는지 짐작조차 가지 않았다.

"아, 가는 것은 가는 건데…… 그게……."

그가 주위를 돌아보자 여전히 적대감을 뿜어내는 비도문원들이
보였다. 지금은 호기심을 충족시킬 때가 아니었다. 대정현이 먼저
앞장을 섰다.

"그래. 가자구. 가야지."

연소하가 비도문주에게 인사를 했다.

"비도문주와 비도문의 도움에 진심으로 감사드립니다."

"아닐세. 당연히 도와야지. 내 어찌 이런 일을 그냥 지나칠 수가
있겠나?"

비도문주가 다가와 연소하의 손을 잡으며 말했다. 그러나 그녀의
눈만은 날카롭게 대정현을 쏘아보고 있었다.

"마음 같아선 저 자를 단칼에 베어 버리고 싶지만. 자네가 그리 부
탁하니……."

연소하는 고개를 숙이며 이해를 바라는 미소를 보냈다.

"다 잘 될 테니 너무 걱정하지 말게. 그럼 인연이 닿으면 우리 또
만나기로 하세."

작별인사를 한 비도문주는 걸어가면서도 대정현을 향해 못마땅한 표정으로 혀를 차는 것을 잊지 않았다. 떠나는 비도문원들도 서로가 질 수 없다는 듯 한마디씩을 했다. ‘천하에 몹쓸 놈!’ ‘저런 건 다리를 부러뜨려서 끌고 가야 돼!’ ‘다리만? 아예 반쯤 죽여놔야 정신을 차리지.’

비도문원들이 완전히 사라지자 대정현은 자신이 왜 그런 욕을 먹어야 했는지 알아내지 않고는 견딜 수 없었다.

“야, 어떻게 된 거야? 뭐라고 말 좀 해봐.”

“자세한 사정을 듣더니 찾는 걸 도와주겠다고 하셨습니다.”

자세한 사정이라니? 대정현은 황당함을 느꼈다. 왕자의 이야기를 알아낸 흑혈방과 생겼던 문제를 벌써 잊었단 말인가.

“너, 그럼 내 얘기 다 한 거야? 제정신이야? 강호의 소문이 얼마나 빠른데. 금방…….”

연소하가 말을 끊었다.

“과부랑 바람나서 처자식 다 팽개치고, 병든 노모 약값 훔쳐 도망쳤다고 했습니다.”

대정현이 멍하니 그녀를 보았다.

모든 것이 완전히 이해가 되었다. 연소하는 그가 도망친 것을 발견했을 때, 빨리 쫓아나가려고 했다. 그리고 앞을 막는 비도문들에게 자신과의 일을 생각나는 대로 이야기한 것 같았다. 한밤중에 여자에게 시비를 붙여놓고 도망친 남자에 대한 설명으로는 확실히 그럴 듯했다.

그리고 의리에 죽고 사는 흑도의 명문, 비도문원들이 사정을 듣고 도와주겠다고 나섰던 게 분명했다. 특히 비도문주는 같은 여자로서 아주 깊이 아픔을 공유한 것 같았다.

걱정할 필요는 없었다. 그녀는 길에서 처음 본 상대에게 시시콜콜 모든 것을 말할 정도로 어리석지 않았다. 걱정은 사라졌지만 대정현은 왠지 참을 수 없는 심정이 되고 말았다. 과부랑 바람나서 처자식 다 팽개치고 병든 노모의 약값을 훔쳐 도망쳤던 자가 물었다.

"야. 너 검을 잡은 무사가 그렇게 막 거짓말을 해도 되냐?"

"전쟁터에서 필요한 것은 검만이 아닙니다."

그녀가 돌아보았다.

"무사에게 필요한 것은 꼭 해야 하는 일을, 해야 할 때 하는 것입니다."

연소하가 앞서 걷기 시작했다. 그가 함께 갈 것을 추호도 의심하지 않는 듯했다. 대정현은 그녀의 확신을 보기 좋게 깨뜨려 주고 싶었다. 그러나 근처에는 아직 비도문이 있을지도 모른다. 잘못하다가 그들을 다시 만나게 되면 비도문이 천하의 패륜아를 어떻게 처리하는지 몸소 경험하게 될 가능성이 크다. 대정현은 자신의 몸을 가지고 그런 불필요한 일을 당할 생각이 전혀 없었다.

그리고 척살단의 위협이 아직 끝나지 않았다. 그들을 만나게 되는 것은 훨씬 더 위험했다. 모든 경우를 생각하면 가까이에 뛰어난 고수가 있는 것이 도움이 되었다. 일단 안전해질 때까지만 같이 움직이기로 하자. 그렇게 결정을 내린 대정현이 터덜터덜 연소하의 뒤를 따라 걸어갔다.

벌레 소리만 들리는 산길을 조용한 달빛이 비추었다. 그 산길을 두 사람 모두 아무 말없이 걷고 있었다. 걸어가던 대정현은 옷깃을 여몄다. 밤이 깊어지는 만큼 바람도 차가워지고 있었다.

양손을 겨드랑이에 넣은 채 대정현이 건들건들 연소하에게 다가왔다. 지루해진 그가 잡담을 하려는 마을 건달 같은 표정으로 물었다.

"어이, 무공이 대단하던데, 언제 그렇게 익힌 거야? 응?"

"어린 시절 대부분을 검을 수련하며 보냈습니다."

연소하는 걸음을 늦추지도 돌아보지도 않고 말했다.

"오호! 무가의 사람이었구만. 사문이 어딘데?"

"군영에서 배운 무공입니다."

대정현은 의아한 듯 바라보았다.

"어릴 적부터 군영을 따라다니며 여러 군사들에게 배웠습니다."

"삭막하게 컷구만. 내가 그랬다면 일찌감치 뛰쳐나왔을 걸. 난 죽어도 그렇게 못 살아."

그제야 연소하가 멈춰서 그를 바라보았다. 그녀의 얼굴에는 복잡한 상념이 엉켜 있었다. 결국 대정현은 그녀가 자신을 불쌍하게 여긴다고 생각했다. 화가 치솟으며 그의 눈에서 예리한 불꽃이 튀었다.

"말이 필요합니다. 근처에 구할 수 있는 곳이 있습니까?"

그녀가 전혀 다른 이야기를 꺼냈다.

"말?"

대정현의 얼굴에 천천히 생기가 돌았다.

"내가 그랬지? 제대로 찾아왔다구. 말이라면, 내가 또 아주 잘 알 거든."

그가 싱긋 웃으며 소삼의 얼굴로 돌아왔다.

말을 파는 곳은 산을 내려가는 길에 있었다. 높은 곳은 아니었지만 사람들이 쉽게 찾아오기도 어려운 곳이었다. 대정현이 데리고 간 대장간은 그런 미묘한 위치에 자리잡고 있었다. 입구를 들어가자 작은 마구간이 보였다. 그 안에는 대여섯 마리의 말들이 있었고, 불가마가 있는 뒷마당에서는 쇠를 두드리는 소리가 들려왔다.

연소하는 마구간 앞으로 가서 말을 살펴보았다. 그때 뒤뜰에서 망치 소리가 멎더니 대장장이 왕일이 밖으로 나오다가 대정현을 보았다.

"어이구. 이게 누구야! 소삼 형님 오셨습니까?"

대정현의 손가락이 연소하를 가리켰다.

"오냐. 이놈아. 내가 손님 모셔왔다."

연소하는 신중한 얼굴로 말들을 꼼꼼하게 살펴보고 있었다. 왕일이 그녀에게 웃는 얼굴로 다가갔다.

"마음에 드는 놈이 있으십니까?"

"오른편 끝에 있는 말하고, 네 번째 있는 말을 사고 싶습니다."

"말을 잘 아시는군요. 그렇지만 저 놈들은 가격이 꽤 센데……."

대정현은 팔짱을 낀 채 두 사람을 지켜보고 있었다.

"소삼 형님과 같이 오셨으니 최대한 좋은 가격에 드리겠습니다. 두 마리 해서 삼백냥만 내십시오."

연소하는 말이 없었다.

"이 가격엔 안되는데, 형님 얼굴 봐서 해드리는 겁니다."

대정현이 코웃음을 쳤다.

"시간 없으니 긴말 않겠다. 두 마리에 이백냥. 물론 안장 올리고 새 편자 갈아 주는 것도 포함이다."

왕일이 펄쩍 뛰었다.

"우에에. 우에. 에에이. 그건 아무리 소삼 형님이라도 안됩니다. 나도 먹고 살아야 할 거 아닙니까요? 내 참."

"그럼 됐다."

대정현은 밖으로 나가려고 했다. 왕일이 다급하게 그를 잡았다.

"자…… 잠깐. 좋소. 그렇지만 이백냥은 힘들고……."

"분명히 시간 없다고 했다."

답답한 듯 바라보던 왕일이 몇 번 입을 꼼지락거리다가 체념하는 표정을 떠올렸다.

"에이! 좋소! 대신 이번 한 번입니다. 아이 씨! 이럼 안 되는데."

"싸게 사는 거야."

대정현이 망설이는 그녀에게 시세를 알려주자 연소하는 말없이 짐에서 돈을 꺼내 왕일에게 지불했고, 그는 말을 꺼낼 수 있게 마구간의 문을 열어주었다.

"잘 살펴 보십시오. 전 그럼 다른 것들을 좀 준비하겠습니다."

왕일이 뒷마당으로 가자 연소하는 대장간의 입구로 말을 데리고 나갔다. 홀로 남게 된 대정현이 주변을 살펴보다가 천천히 뒷마당으로 걸어갔다.

뜨겁게 타오르는 화로 앞에서 왕일이 돈을 세고 있었다. 대정현이 걸어오자 왕일이 그를 보고 싱긋 웃었다. 그리고는 세고 있던 돈에서 반 정도를 넘겨주었다.

"형님 덕분에 먹고 삽니다. 헤헤. 그래도 말은 진짜 좋은 말이오."

"어차피 장물이잖아."

받은 돈을 집어넣으며 대정현은 입구 쪽을 돌아보았다. 연소하는 말에 안장을 올리고 있었다. 왕일도 그와 같은 방향을 바라보았다.

"삼삼한데, 누굽니까?"

대정현은 시선을 돌리지 않고 말했다.

"저승사자다. 죽을 데로 끌고 가는 저승사자."

"예?"

"그런 거 있잖냐? 호랑이 피하려고 할 수 없이 곰이랑 가는 거."

연소하는 말에 짐을 싣고 있었다. 말이 거부하듯 콧소리를 내었으나, 그녀가 몇 번 쓰다듬자 이내 잠잠해졌다. 그녀는 다시 짐을 올리기 시작했다.

그녀에게서 시선을 떼지 않은 채 대정현이 말했다.

"하동까지만 가면 떼내 버릴 거야."

"뭔 소린지……?"

"더 알 건 없다."

대정현은 불 옆에 무기들이 놓여 있는 곳으로 갔다.

"칼이나 한 자루 가져가자. 누가 날 죽인다는데, 그냥 다니긴 뭐하고……."

그는 쌓여 있는 검을 이리저리 살펴보았다.

“이거 괜찮겠다.”

그가 들어올린 것은 불 옆에 놓여 있던 막칼이었다.

“뭘 그런 걸 골라요? 이왕이면 좋은 걸로 갖구 가요. 그냥 줄게.”

“상관없어. 진짜 쓸 일도 없을 텐데.”

대정현은 더러워진 검을 옷에다 슥슥 문지르고 나서는 위로 들어 보았다. 그나마 조금 광이 나는 것 같았다. 그는 적당한 검집을 골라 검을 쑤셔넣었다.

밤안개가 흐릿하게 퍼지는 산길이었다. 두 사람을 태우고 언덕을 내려가는 말들이 느릿하게 움직이고 있었다. 연소하가 조용히 말문을 열었다.

“그 대장간 주인…… 아신 지 얼마나 되셨습니까?”

대정현은 그녀가 왜 그런 질문을 하는지 알 수 없었다.

“몇 년 됐지. 왜?”

“그 사람, 믿지 않으시는 것이 좋겠습니다.”

“보기엔 그래도 괜찮은 놈이야. 의리도 있고…….”

“말들을 다섯 배 이상 비싼 값에 팔았습니다.”

대정현의 목에서 뭔가 걸린 듯한 소리가 났다. 연소하를 바라보는 그의 표정이 그것을 어떻게 알았느냐고 묻고 있었다.

“전하를 모시고 가려면 필요하기에, 오면서 시세를 알아두었습니다.”

“그, 그럼 왜 거기서 말을 안 했어?”

“전하와 친한 사이로 보였습니다.”

무슨 뜻인지 정확한 의미를 알 수 없었다.

"전하 체면에 누가 될지 몰라 잠자코 있었습니다."

대정현이 멈췄다. 그는 자신이 들었던 말의 의미를 되새겨 보았다. 여전히 연소하는 앞에서 가고 있었다.

그녀가 서 있는 그를 돌아보았다.

"서두르시지요. 밤새워 갈 것입니다. 최대한 이곳에서 멀리 벗어나야 합니다."

대정현은 다시 연소하의 뒤를 따라 천천히 움직였다. 다른 생각을 하고 있던 그가 고삐를 당기지 않는 동안에 말의 한쪽 다리가 미끄러졌다. 대정현은 말을 진정시키며 중심을 잡도록 했다.

밤의 산길을 가는 것은 쉽지 않았다. 그는 말의 고삐를 잡으며 다시 한 번 쉽지 않다고 생각했다. 그것은 물론 길이 험하기 때문만은 아니었다.

05

검이 베는 것은 마음

연못을 헤엄치는 물고기들이 수면 위로 몰려들었다. 느릿하게 움직이는 군화평의 손이 물 위로 먹이를 떨어뜨리고 있었다. 물고기들이 일으키는 작은 파장들이 서로 섞이고 상쇄되었다.

군화평에게 물은 마음 속에 있던 그림이 그려지는 백지였다. 자주 보이는 것은 죽은 아버지와 가족들이었다. 때론 그가 생각하는 새로운 미래가 보이기도 하였다. 그러나 대부분 보이는 것은 고통스러운 기억이었다. 그의 마음은 고통으로 가득 차 있었다.

뒤에서 인기척이 들렸다. 야율철라가 호위무사 둘을 데리고 걸어오고 있었다. 군화평이 인사를 하려고 했지만, 그는 손짓을 하며 하던 일을 계속하라는 뜻을 전했다.

"또 여기에 있었구만."

야율철라도 연못을 바라보았다.

"누가 믿겠나? 천하의 척살단주가 이런 미물을 좋아한다는 걸."

군화평이 자주 연못으로 오는 이유를 다른 사람들은 알지 못했다.

피를 부르는 척살의 나날 속에서 평화를 얻는 방법이겠거니 짐작할
뿐이었다.

"왜 왕자를 잡지 못했지? 무슨 문제인가?"

야율철라가 본론을 꺼냈다.

"발해 측에서 연소하라는 최상위급의 고수를 파견했습니다. 제가
가야 할 것 같습니다."

"이쪽은 그런 발해의 고수들을 사냥하던 척살단이야. 단주가 없다
고 오합지졸이 되진 않아."

군화평의 손이 다시 연못 위로 움직였다.

"제가 왕자를 죽일까봐 그러십니까?"

야율철라가 불만스런 헛기침을 했다.

조정의 분위기는 계속 바뀌고 있었다. 각지의 저항은 시간이 갈수
록 격화되었고, 그런 만큼 왕족을 포섭하자는 화친론이 힘을 얻었
다. 화친론자들은 척살단주에 대해서 불신을 가지고 있었다. 포섭할
수 있는 왕족도 일부러 죽이는 것이라고 생각했기 때문이었다.

화친론이든 강력한 정벌론이든 동란국이 완전한 지배 체제를 세
워야 한다는 목적에서는 차이가 없었다. 그 과정에서 최악의 경우는
포섭되지 않은 왕자가 발해의 저항군과 합류하는 경우이다. 그것만
은 막아야 했다.

야율철라는 설득하기로 했다.

"큰 걸 얻으려면 복수심은 접어 두는 게 좋아. 최대한 노력해서 생
포하겠다고 약조하게."

먹이를 주던 군화평의 손이 조용히 멈췄다. 그리고 매우 느리게

입을 열었다.

"최선을 다해 협조를 구하겠습니다."

야율철라는 더 확실한 약속을 받고 싶었다. 그러나 그가 더 이상 자세히 말하지 않을 것임을 알고 있었다. 못마땅한 얼굴로 바라보던 야율철라가 호위대를 이끌고 자신의 거처로 돌아갔다.

홀로 남겨진 군화평의 시선이 수면 위를 향했다. 포식을 한 물고기들이 힘차게 연못 속을 헤엄치고 있었다. 다시 물 위로 고통스런 그림이 그려지기 시작했다.

군화평의 손에서 천이 떨어졌다. 먹이가 담겨 있던 비취색의 손수건이었다. 물고기들이 먹이를 쫓아 수면 위로 모여들었다.

"하지만……."

특별히 누군가에게 하는 이야기는 아니었다.

먹이를 쟁취하기 위한 물고기들의 다툼이 작은 물보라를 일으켰다.

"왕자가 거절하면 다른 길은 없겠지요."

군화평의 검이 뽑히며 연못을 베었다. 그의 마음 속에 고통이 베어졌다. 커다란 소리와 함께 물기둥이 일어났다. 고통을 없애는 길은 검에 있다는 것을 그는 알고 있었다. 대씨 왕조의 완전한 죽음만이 그의 마음 속에서 고통을 없앨 수 있었다.

솟았던 물기둥이 떨어지며 사방으로 터져나갈 때, 군화평은 검을 집어넣고 돌아섰다. 길은 정해졌고 그는 가야 했다. 앞길을 막는 것은 모두 베어 버려야 했다.

주변을 잔뜩 적셨던 물이 연못으로 미끄러져 들어가며 땅이 다시 모습을 드러냈다. 조각난 물고기들만이 고통스러운 듯 퍼덕이고 있었다.

그리고 천천히 조각들의 움직임이 멎어갔다.

커다란 소리와 함께 문이 열렸다. 객잔 주인은 졸린 눈을 비비며 손님을 맞기 위해 걸어갔다. 늦은 시각이었다. 이 시각에 오는 손님이면 꽤나 먼 길을 달려온 사람일 것 같았다.

그 사람은 밤을 새워서라도 길을 가려고 했겠지만, 쏟아지는 졸음과 피곤함을 참을 수 없었을 것이고, 다음 날을 위해 조금이라도 자야 한다고 생각해 객잔에 들렀으리라. 이곳은 외진 곳이었고, 늦은 시간에 항상 그런 손님들이 찾아왔다.

그가 문 앞으로 갔을 때 본 것은 그런 손님이었다. 극도로 피로한 표정에 먼지를 잔뜩 뒤집어 쓴 대정현이 불만 가득한 얼굴로 서 있었다. 주인은 반가운 표정으로 손님을 맞으려다가 멈춰 섰다.

"저, 일행이신가요?"

"보면 모르시오? 당연히……."

말하던 대정현의 눈에 연소하가 보였다. 먼 길을 달려왔음에도 그녀의 옷은 깨끗했고 얼굴에는 별다른 피곤이 보이지 않았다.

한숨을 쉰 대정현이 머리를 쓸어올리며 이마의 땀을 닦았다. 먼지와 뒤섞여 뚝뚝 떨어지는 짙은 갈색의 땀이 자신의 모습을 짐작하게 했다. 그는 주인 옆의 계단에 가서 눕듯이 앉았다. 만사가 귀찮았다.

"안 믿겠지만, 일행 맞소. 그러니 빨리 방이나 주시오."

"알겠습니다! 그런데 방은 몇 개나……?"

객잔주인이 슬쩍 연소하를 보며 말했다. 대정현이 피식 웃었다.

"아, 참내, 그 양반. 사람이 둘인데……."

"하나면 됩니다."

목소리가 들리자 대정현과 주인이 동시에 돌아봤다.

"방은 하나만 주십시오."

연소하가 다시 확인하듯 말하자 객잔 주인이 의미심장한 미소를 지었다. 대정현은 그녀의 얼굴을 살폈다. 그러나 거기서는 아무것도 읽을 수 없었다.

침상 앞에서 대정현은 천천히 윗도리를 벗었다. 벌거벗은 그의 등을 가로지르는 커다란 흉터가 드러났다. 습관대로 손을 뒤로 돌려 그것을 만져보았다.

당시의 기억이 떠올랐다. 자신의 등을 파고들던 무기의 감촉이 어제 일처럼 생생했다. 불쾌한 기억을 떨치며 대정현은 객잔에서 준 잠옷을 집어들었다.

옷을 입으며 돌아본 그의 눈으로 그림자가 들어왔다. 방 밖에서 등을 기대고 앉아 있는 여자의 그림자였다. 갑자기 걸어간 대정현이 방문을 열어젖혔다. 자신이 도망가지 못하도록 연소하가 지키고 있었다.

"밤새 그러고 있을래? 도망 안 갈 테니까 그냥 들어와. 난 신용 하나로 버텨온 놈이야."

"전하가 주무실 때, 문 앞을 지키는 것이 비선원 무사들의 방식입니다. 심려치 마십시오."

그녀가 이미 했던 말을 반복했다.

"궁상 떠는 게 비선원 방식이면 차라리 안에 들어와서 떨지. 응? 아주 신경 쓰이거든."

"전하는 왕이 되실 분. 행여라도 불미스러운 소문이 나서는 안됩니다."

발해의 대신들 중에는 대정현을 마음에 들어하지 않는 사람들이 있었다. 그들에게 이야기할 거리를 던져주어서는 안되었다.

대정현은 콧웃음을 쳤다.

"얼씨구. 여기가 발해냐? 누가 본다고 그래?"

"보고 안 보고는 중요하지 않습니다. 군왕은 하늘 아래 어느 곳에서도 부끄러움이 없어야 합니다."

대정현은 더 이상 참을 수 없었다.

"너 내가 왕이 되는 걸로 당연히 말하는데, 내가 언제 왕이 된다고 했어? 응? 난 그럴 생각 전혀 없어! 너 말이야……."

그녀는 다시 눈을 감았다. 말할 상대를 잃어버린 대정현이 입술을 깨물었다.

발자국 소리가 연소하의 앞으로 움직여왔다. 그녀가 눈을 뜨자 한쪽 무릎을 꿇고 앉아 있는 대정현이 보였다.

"너, 나 마음에 안 들지. 참 싫지? 그치?"

그의 얼굴은 무척 가까운 거리에 있었다.

"어찌 감히 싫고 좋고를 말한단 말입니까?"

"그렇단 얘기군."

"싫어할 이유도, 좋아할 이유도 없습니다."

그의 팔이 연소하의 뒷벽을 짚었다.

"그럼 지금이라도 좋아할 이유를 만들어 볼까?"

그녀의 얼굴에 당황하는 표정이 빠르게 나타났다가 사라졌다.

"어떻게 말입니까?"

"사내와 계집이 할 일이라는 게, 뻔하지 않아?"

대정현이 히죽 웃었다.

"군신 간에도 지켜야 할 예의가 있습니다. 그것을 벗어난다면 서슴없이 검을 쓰겠습니다."

연소하의 손이 검으로 움직였다. 그리고 대정현의 손은 그녀의 어깨로 움직였다.

"맘대로 해. 아름다운 여인을 품에 안다 죽는 것 또한 사내의 기쁨이 아니겠어?"

그는 웃음을 지으며 말했다. 그녀가 미소를 돌려보냈다.

"오해하셨군요. 신하된 자, 어찌 주군을 향해 검을 들겠습니까?"

"응?"

"스스로를 벨 것입니다."

대정현의 손이 멈칫했다. 그녀의 입가에는 여전히 미소가 차갑게 매달려 있었다. 그의 손이 천천히 움직이며 어깨로부터 떨어졌다.

자리에서 일어나 한숨을 쉰 대정현은 다시 방으로 들어갔다. 그리고 침상에 거칠게 몸을 던졌다. 대정현은 침상에 얼굴을 묻은 채 움직이지 않았다. 천천히 그가 몸을 돌리며 문쪽을 바라보았다. 그녀의 그림자가 변함없는 자세로 앉아 있었다.

그는 생각했다. 왜 화를 냈을까. 그녀에게 뭘 바랐던 것일까. 아무

것도 알 수 없고 모든 것이 혼란스러웠다. 지난 14년 동안 항상 그래 왔다. 새삼스러운 일이 아니었다. 그는 모두 잊고 잠을 청하기로 했다.

연소하는 문 앞에서 미동도 하지 않았다. 방 안에서 뒤척이는 소리가 들려왔지만, 그녀는 돌이 된 것처럼 움직이지 않았다. 움직이는 것은 속눈썹뿐이었다. 잠시 후 미세한 떨림이 멈추고 그녀가 눈을 떴다. 그리고 나서 그녀는 가냘픈 한숨을 쉬었다.

왕일에게 오늘은 운수 좋은 날이었다. 오랜만에 찾아온 성격 좋은 소삼 형님이 대단한 물주를 데려왔었기 때문이다. 물건을 보는 눈은 있었지만, 가격을 보는 눈이 없는 손님이었다. 왕일은 그녀에게 다섯 배 이상의 높은 가격을 받았다.

돈을 들고 기루로 가면 오늘은 완벽한 하루가 될 수 있었다. 그러나 대장간을 닫으려고 할 때 찾아온 승려가 모든 것을 망쳐 버렸다. 그가 들어온 순간 완벽한 하루는 날아갔고, 운수 좋은 날은 태어난 이후 가장 끔찍한 날이 되었다.

마불이 들어와 소삼에 대해 물었을 때 왕일은 모든 것을 애기할 생각이었다. 돈을 벌게 해주는 형님보다는 사는 것이 훨씬 더 중요했다.

그러나 마불은 소삼에 대해 아는 것을 확인하자 곧바로 그를 두들겨 패기 시작했다. 이빨이 부러져 나가고 심장 근처에서는 뼈 부러지는 소리가 났다. 다리마저 꺾어져 도망갈 수 없게 된 그를 마불이 내려다보았다. 자신이 해놓은 결과물을 만족한 듯이 감상하던 그가 그제야 입을 열었다.

"말해봐"

왕일은 마불에게 진심으로 감사했다. 그가 구타를 당하는 중에 가장 괴로웠던 것은 아무것도 묻지 않는 것이었다. 모든 것을 말할 준비가 되어 있던 그에게 마불은 오로지 구타만을 했다. 그리고 이제야 묻는 것이었다.

왕일은 자신이 알고 있는 소삼의 모든 것을 이야기했다. 눈으로 본 것처럼 소삼의 행동을 듣고 행선지를 알아낸 마불이 왕일의 머리를 쓰다듬어 주고는 밖으로 나왔다. 굳이 더 이상 왕일에게 손댈 필요는 없었다. 아무리 뛰어난 의원이 와도 제대로 사람 구실하고 살기 힘들 것이기 때문이다.

대장간 주변에는 척살단이 깔려 있었다. 호위를 받으며 서 있는 부단주가 눈에 들어왔다. 마불이 걸어가며 말했다.

"그 놈은 하동으로 갔다고 하오."

매영옥은 하늘에서 시선을 떼지 않은 채 고개를 끄덕였다. 마불이 그녀의 시선을 따라 하늘을 올려다보았다. 달빛을 받으며 멀리서 한 마리의 매가 날고 있었다.

"단주님께서 직접 오실 모양이다."

말을 하는 그녀의 목소리에는 설렘이 묻어났다.

대정현은 고개를 들어 앞서 가는 연소하를 보았다. 아침 일찍 객잔을 떠난 두 사람은 또다시 쉬지 않고 달렸다. 그 동안 연소하는 많은 말을 하지 않았다. 이제야 겨우 산길을 만나 천천히 움직이는 것이었다. 산길을 걷는 말의 소리만 들렸다. 대정현은 달리는 동안 잊고 있던 지루함이 찾아오는 것을 느꼈다.

그가 말의 고삐를 당겨 다가갔다.

"어이. 연소하 무장!"

연소하가 고개를 돌려 그를 바라보았다.

"군영에서 자랐다고 했지? 아버님이 무관이셨나?"

"아닙니다."

"그런데 왜?"

"달리 있을 곳이 없었습니다."

이해가 가지 않는 표정이었다.

"아버지는 제가 9살 때, 어머니는 10살 때…… 거란군에게 돌아가셨습니다. 친척도 없었구요."

말을 마친 연소하가 하늘을 보았다. 손바닥을 들자 비가 한 방울 떨어져 손금을 타고 흘렀다.

"오늘 하동까지 들어가기는 힘들겠습니다."

대정현도 하늘을 보았다. 비를 피할 수 있는 곳을 찾아야 했다.

"내가 안내하지. 날 따라와."

길잡이가 된 그가 앞서 나가며 미소를 지었다.

"근처에 묵을 만한 곳이 있어. 아주 아늑한 곳이지."

세찬 빗소리가 동굴 입구로부터 전해졌다. 바닥에 피워놓은 모닥불이 빗소리에 맞춰 흔들리고 있었다. 바닥에 누운 대정현은 객잔에서 가져왔던 술병을 입에 댔다. 모닥불의 따뜻함과 목 안을 넘어가는 뜨거움이 그를 행복하게 했다.

그는 모닥불 앞에 있는 연소하를 보았다. 그녀는 등을 동굴 벽에 기댄 채 눈을 감고 있었다. 그리고 그녀의 앞에는 연기를 피워 올리는 향 하나가 바닥에 꽂혀 있었다.

"그건 또 뭐냐……?"

연소하가 고개를 돌렸다. 대정현의 손가락이 바닥의 향을 가리키고 있었다.

"죽은 자들을 위로하는 제 습관입니다. 제가 알던 사람…… 그리고 제 검에 희생된 적들까지……."

"미워해야 할 적의 넋까지 달랜다? 한줌 증오도 원한도 없이 말이지. 적어도 넌 악귀에 잡아먹히진 않겠구나."

그녀가 빤히 바라보자 그는 어처구니없다는 표정을 지어 보였다.

"왜 그래? 나도 발해에서 검을 배운 사람이야. 알고 있어. 원망과 미움, 증오 같은 것에서 생겨난 악귀가 검에 붙어 산다는 얘기."

대정현은 비웃고 있었다.

처음 검을 배울 때부터 귀에 못이 박히도록 듣던 말이었다. 검에 사는 악귀가 피를 부르고 결국은 검의 주인마저도 악귀로 만들어 버린다는 내용이었다. 스승들은 검을 가르칠 때 그 이야기부터 시작했다. 검을 배우면서 살육에 물들지 않는 맑고 깨끗한 정신을 유지하라는 뜻이었다.

"검에는 악귀가 살고 있다고 생각합니다."

그가 몸을 일으켰다. 그녀가 자신을 놀리는 것이 아닌가 생각했다.

"너, 어릴 때 들은 소릴 아직도 믿고 있는 거냐? 그래서 그렇게 그 검을 소중히 다루는 거냐? 악귀를 막아준다고 해서?"

"네. 그렇기에 검은 소중한 것들을 지키기 위해 들어야 한다고 생각합니다."

그녀는 진지했다.

"이런, 이런. 어처구니가 없구만. 이봐. 사람이 말이야. 검을 들 때 처음 생각하는 게 뭘 거 같아? 지킨다? 아니야. 죽인다지. 그게 본성이다."

그때 자신을 바라보는 연소하의 눈동자가 보였다. 그는 더 이상 참을 수가 없었다. 그 눈동자는 자신을 비참하게 했다. 잊고 있던 기억을 끄집어냈다.

"너. 몇 번씩 말하려고 했는데, 그런 눈으로 좀 보지 마. 그렇게 불쌍하다는 듯이 보지 말라구! 네가 오기 전까진 난 아주 만족스럽게 잘 살고 있었으니까!"

벌떡 일어난 그가 동굴의 입구로 갔다. 밖에서 내리는 비가 더욱 세차게 쏟아지고 있었다. 나갈 수도 없었고 갈 곳도 없었다. 다시 동굴 안으로 들어온 대정현은 거칠게 술을 들이키고는 돌아 누워버렸다.

연소하의 얼굴 위로 불빛이 일렁였다. 그녀는 옆에 쌓아놓은 장작더미에서 하나를 꺼내 모닥불에 집어넣었다. 불꽃이 튀며 불과 연기를 피워 올렸다. 동굴로 들어오기 전에 준비한 장작이었다. 오늘 밤은 충분히 버틸 수 있을 것 같았다.

그녀가 바닥을 보았다. 대정현을 화나게 했던 향이 연기를 피워 올리고 있었다. 그 연기는 모닥불의 연기와 섞이며 동굴의 천정을 타고 흘러갔다.

아침 햇살이 동굴의 입구로부터 천천히 퍼져 와 대정현의 눈을 간질였다. 눈을 몇 번 찌푸리던 그가 천천히 잠에서 깨어나 주위를 둘러보았다. 보이는 것은 타고 있는 모닥불뿐이었다.

자리에서 일어나 나가려던 그가 다시 모닥불을 돌아보았다. 아직 불이 타고 있다는 것은 누군가 밤새 불을 지폈다는 뜻이었다. 그것을 증명하듯 장작은 이제 거의 남아 있지 않았다.

동굴 밖으로 걸어나오자 말에 짐을 묶고 있는 연소하의 모습이 눈에 들어왔다. 평소와 똑같이 흐트러짐 없는 모습이었다. 하지만 눈가에 보이는 피곤함은 그녀가 밤을 어떻게 보냈는지 알려주고 있었다.

"일어나셨습니까?"

연소하가 공손히 예를 갖추며 인사했다. 그녀의 얼굴 위로 동굴 안에서 타고 있던 모닥불이 겹쳐졌다. 대정현은 뭔가 말을 하려다가 그만두었다. 하동까지만 가면 그녀와는 작별이었다. 입에 발린 대화는 무의미했다.

대정현은 개울가로 내려갔다. 세수를 위해 물을 들여다보는 순간 자신을 바라보던 연소하의 눈동자가 떠올랐다. 그것을 지워 버리려고 대정현이 개울물에 머리를 담갔다. 물이 튀는 소리와 함께 머릿속을 얼어붙게 하는 냉기가 밀려왔다.

그러나 그녀의 눈동자는 지워지지 않았다.

06

물속에서 피어나다

하동은 술이 유명했다. 하동에서 나는 술은 달콤함과 쌉쌀함이 조화를 이룬 독특한 맛을 자랑했다. 사람들은 그 비결을 지역적인 특성에서 찾았다. 하동 사람들은 언제나 물과 함께 살기 때문에 술의 재료인 물을 다루는 데 익숙하다는 것이었다.

하동의 거리 대부분은 수로로 연결되어 있었다. 사람들은 작은 배를 타고 이동하는데 익숙했고 바닷가에 사는 사람만큼 물을 많이 보고 살았다. 특히 하동 시장은 수로가 연결되는 중심부에 자리잡고 있었다. 사람들은 배를 타고 물건을 사러 와서, 배를 타고 구입한 물건을 가져갔다.

대정현과 연소하도 마을 입구에 말을 맡긴 후, 배를 타고 하동 시장으로 들어왔다. 배에서 내린 대정현이 성큼성큼 앞으로 걸어갔다. 자신을 따라오는 연소하를 보며 그가 말했다.

"난 준비할 게 있어. 너도 준비할 물건이 있을 거 아냐. 가서 사가지고 와."

"같이 움직이겠습니다. 이곳은 복잡한 만큼 무슨 일이 있을지 모릅니다."

대정현은 궁금했다. 그 말이 자신을 보호하겠다는 뜻일까. 감시하겠다는 뜻일까. 아무래도 상관없었다. 자신은 이미 마음을 먹었다. 천하의 소삼이 결심한 이상 아무도 그가 도망치는 것을 막을 수 없었다.

대정현이 포목점 앞에서 멈추어 섰다.

"좋아. 그럼 난 사람을 하나 만나고 올테니까 넌 여기서 잠깐만 기다려."

"시간이 많지 않습니다. 갈 길이……."

"이 가게 주인이야. 오래 안 걸려."

그는 앞에 있는 포목점을 가리켰다.

"딴 데 가지 말고 여기서 기다려, 잠깐이면 되니까."

대정현은 건물 안으로 들어갔다.

연소하는 주변을 둘러보았다. 시장은 복잡했다. 어떤 장사꾼은 소리쳐 손님을 부르고 있었고, 어떤 자는 팔짱을 낀 채 낮잠을 자고 있었다. 장을 보러 나온 사람들이 먹을 것을 사고, 입을 것을 사고, 좋아하는 것을 샀다.

발해에도 저런 시절이 있었다. 일해서 만든 물건을 시장에 내다 팔고, 그 돈으로 물건을 사가지고 돌아와 가족과 함께 기뻐하던 때가 있었다. 그러나 이제는 모두 옛일이 되었다.

문득 연소하는 대정현이 들어간 가게를 보았다. 주인으로 보이는 사람이 연신 고개를 조아리며 손님을 배웅했다. 무엇인가 이상했다.

주인이 다시 가게로 들어가자 연소하도 그를 따라 뛰어 들어갔다.

놀란 주인이 그녀를 보았다. 주인을 제외하고 아무도 없었다. 밖으로 통하는 뒷문이 보였다. 그 문으로 연소하가 빠르게 뛰쳐나왔다. 보이는 것은 장사꾼과 시장을 보러 나온 사람들 뿐이었다.

포목점의 뒷문을 통해 나온 대정현은 길을 건너 그릇 가게로 와 있었다. 점원이 인사를 하기도 전에 주인인 구동락이 놀란 얼굴로 다가왔다.

"이, 이게 누구야? 소삼이 너……."

"잘 지냈지?"

그는 친구인 구동락의 어깨를 가볍게 쳤다.

"나야 괜찮지. 그런데 너 갑자기 어쩐 일로……."

"자세한 건 안에서 얘기하자."

말을 하며 대정현은 힐끗 들어온 입구 쪽을 돌아보았다. 그 동작만으로 모든 것이 설명되었다.

쫓기지 않을 때보다 쫓기는 때가 많았다. 그리고 잠시만 몸을 숨겼다 돌아오면 모든 일이 해결되어 있었다. 그들이 사는 세계는 그런 세계였다.

눈치 빠른 그의 친구가 가게 안쪽 뜰로 안내했다. 친구를 따라 들어간 대정현은 뜰에 놓인 탁자에 앉았다. 구동락은 가게에 손님이 들어오는지를 볼 수 있는 자리에 앉았다. 대정현은 가게를 등지고 앉았지만 걱정하지는 않았다. 눈치 빠른 자신의 친구라면 수상한 자가 들어오기도 전에 알아낼 것이기 때문이다.

점원이 가져다 놓은 차를 마시며 구동락이 물었다.

"연락도 없이 웬일이야?"

"너한테 맡겨놨던 돈을 좀 찾았으면 해서. 아무래도 한동안 숨어 지내야 할 것 같거든."

"또 무슨 일을 저지른 거야?"

"말하자면 길어. 나중에 얘기해 줄게."

구동락이 뜰의 한편으로 자신의 점원을 불러 귓속말을 했다. 점원이 고개를 끄덕인 후 가게 밖으로 나가자 그가 다시 자리로 돌아와 앉았다.

"조금만 기다려. 저 녀석이 가져 올 거야."

대정현은 가게 밖으로 나가는 점원을 보았다. 재빠르게 뛰는 것이 눈치도 있고 부지런해 보였다. 그는 친구에게 확인했다.

"믿을 수 있는 놈이야?"

"아니면 데리고 있지도 않았지."

"그럼 이따 심부름 좀 시키자."

"심부름?"

"별 거 아니야. 시장 입구 포목점 앞에 날 기다리는 여자가 하나 있는데……. 내가 떠날 때까지만 잡아두면 돼. 하긴, 지금쯤이면 눈치를 챘겠지. 그냥 찾아내서 말만 전하면 되겠다. 그러니까…… 뭐라고 하냐하면…….”

할 말을 생각하던 대정현이 쓴웃음을 지었다.

"그러니까, 난 아니라고. 그만 포기하라구 하면 돼."

"너, 내가 말했었지. 여자 조심 하기를 관부 사람 조심하듯이 해야 한다고."

대충 사정을 안다는 표정으로 말한 구동락이 다시 물었다.

"그런데 이번엔 어디로 떠날 거냐?"

"글쎄…… 당분간은 좀 멀리……."

"소삼아…… 사실을 말하자면…… 어제 여기 온 사람들이 있었어."

말을 하며 구동락의 목소리는 낮아졌고 표정은 진지해졌다. 가게 쪽에서 발소리가 들려왔다.

"그 사람들…… 척살단이라고 했어. 그리고……."

뒤에서 발소리가 더욱 가까이 들려왔다.

"척살단이 찾는 건 바로 너야."

그와 동시에 뒤뜰로 온 마불이 우렁차게 외쳤다.

"안녕하시오. 대시주!"

떨어지는 찻잔과 함께 벌떡 일어난 대정현은 친구의 얼굴을 멍하니 바라보았다. 구동락은 옛 친구를 향해 씁쓸한 미소를 보냈다.

어제 밤에 하동의 뒷골목은 모든 것이 변했다. 최강의 세력을 자랑하던 황구파의 두목이 죽임을 당했다. 그리고 난 후 힘깨나 쓴다는 건달들에게 소집령이 떨어졌고, 정확한 소삼의 인상착의가 척살단으로부터 전달됐다. 주변 사람들은 자신이 소삼의 친구라는 것을 알고 있었다. 선택의 여지가 없었다.

구동락은 자신의 옛 친구를 외면하고 밖으로 걸어나갔다. 대정현은 지금 벌어진 상황과 친구의 눈빛으로 모든 것을 짐작할 수 있었다.

벼락 같은 마불의 고함이 들려왔다.

"우리 얘기 좀 해봅시다!"

마불의 철장이 휘둘러지고 그것에 맞은 탁자의 조각이 사방으로 튀며 형태가 사라졌다. 마불은 자신이 한 일의 결과를 바라보며 만족스러워했다. 그리고 그의 눈이 천천히 다음 대상으로 향했다. 대정현은 아직 완전히 정신을 차리지 못한 모습이었다.

연소하는 대정현을 찾아 시장을 헤매고 있었다.

그녀가 바구니 가게 앞을 지나가는 순간, 바구니들이 사방으로 뿌려지며 검과 사람이 동시에 튀어나왔다. 연소하는 간신히 그 공격을 막으며 뒤로 물러섰다. 다시 공격을 해오는 쌍검이 보였다. 척살단의 부단주인 매영옥이었다.

"내 눈을 벗어날 줄 알았더냐?"

연소하는 기습적인 공격에 간신히 방어를 할 수밖에 없었다. 두 개의 검이 약간의 시차를 두고 공격해 왔다. 연소하는 더는 밀릴 수 없다고 생각했다. 그녀가 앞으로 달려가며 매영옥의 검을 튕겨냈다.

간격이 확보되었다. 연소하는 자신의 검을 뽑아 상대를 겨누었다.

"물러서십시오. 아니면 벨 수밖에 없습니다."

"목을 내놓으면 물러서 주지."

연소하가 보일 듯 말 듯 한숨을 쉬었다.

"당신은 제 상대가 아닙니다."

그 말이 매영옥에게 불을 질렀다. 그녀는 다시 쌍검을 휘두르며 공격해 왔다. 하지만 분노가 두 개의 검 사이에 존재하는 균형을 미세하게 붕괴시켰다.

연소하는 그 순간을 놓치지 않았다. 그녀의 검이 쌍검 중 왼쪽을 노렸다. 매영옥의 왼손에서 검이 튀어나가며 그녀의 보법이 엉켰다.

다시 연소하의 강한 공격이 이어지자 매영옥은 뒤로 밀리며 날아갔다. 요란한 소리와 함께 쌓여 있던 간판들이 부서져 나갔다. 그러나 넘어진 매영옥의 뒤에서 척살단이 달려오고 있었다. 연소하는 그들을 뒤로 하고 달리기 시작했다.

빨리 대정현을 찾아야만 했다.

마불은 들고 있던 철장으로 땅을 가볍게 두드렸다. 그는 여유를 갖고 대정현이 정신을 차리기를 기다리고 있었다. 대정현의 눈에 서서히 초점이 맺히기 시작했다.

"한 가지만 묻겠소. 대시주. 동란국에 협조하지 않으시겠소이까?"

"협조라니? 무슨 소리요?"

"하하하. 정현 왕자께서도 역시 거절하는구려."

마불은 자신이 상부의 지시를 충분히 이행했다고 생각했다. 분명히 협조를 요청했고 상대는 그것을 거절했다. 사실 뭐라고 대답했던 왕자는 죽을 수밖에 없었다. 척살단의 단주가 그것을 원하기 때문이었다.

마불이 자신의 철장을 들어올렸다.

"내가 극락왕생 시켜드리리다."

마불이 다시 철장을 휘두르자 주변의 화분들이 부서져 나가며 흙과 돌조각이 튀었다. 그는 지금 이 상황을 즐기고 있었다. 그러나 아직은 부족했다. 왕자의 눈에 공포가 나타나고 살고자 발버둥을 쳐야 했다.

"대시주. 방금 것은 마음의 준비를 하라는 뜻이었소."

이제 대정현은 모든 충격을 받아들이고 진정할 수 있게 되었다.

어차피 그런 곳이었다. 의리 같은 것은 몇 푼의 돈이나 한 자루 칼날에 쉽게 날아가 버리는 곳. 지금까지 자신이 살아온 세계는 그런 곳이었다.

이미 알고 있는 사실이 그를 참을 수 없게 했다.

"나도 생각을 바꿔야겠소."

"그럼 동란국에 협조하시겠소?"

대정현이 가라앉은 목소리로 말했다.

"싸우지 않으면 여길 벗어나기 힘들 것 같으니, 스님을 베어야겠소이다."

마불이 웃음을 터뜨렸다.

"나와 농짓거리를 하자는 것이오? 말장난으로는 여길 빠져 나갈 수는 없소이다."

대정현이 천천히 자신의 검을 뽑아들었다. 대장간에서 가져온 것이었다. 마불이 검을 보며 또다시 웃음을 터뜨렸다. 그는 굉장히 유쾌한 것 같았다. 갑자기 대정현이 들고 있는 검에 진기가 주입되기 시작했다. 마불의 얼굴이 빠르게 굳었다.

"진기라니…… 제법 기초는 되어 있구려."

말이 끝나기가 무섭게 그는 철장을 휘둘렀다. 대정현은 간신히 몸을 돌려 철장을 막아냈다. 마불의 눈에 의혹이 스쳤다. 진기를 사용할 정도의 무공을 가진 자가 보법은 형편없었다. 뭔가 이상했다. 다시 시험을 하기 위해 연속으로 공격을 퍼부었다. 제법 잘 막아내고는 있었지만 역시 서툴렀다.

별것 아닌 실력이라고 판단을 내린 마불이 철장을 드는 순간, 대정현이 빠르게 공격해 왔다. 생전 처음 보는 검법이었다. 마불은 그의 공격을 방어하기에 바빴다. 대정현이 상대를 가게 안까지 밀고 들어가자 주변의 그릇들이 박살나며 만들어 낸 파편이 시야를 가득 메웠다. 그 순간 대정현의 검이 마불의 가슴에 적중하며 부서졌다.

연소하는 대정현을 찾아달렸다. 그때 한쪽에서 문과 그릇이 부서지는 요란한 소리가 들렸다. 마불이 자신의 몸으로 내는 소리였다. 그가 가게의 문을 부수고 밖으로 날아와 길에 쓰러졌다. 이미 죽어 넘어진 그의 몸 아래로 피가 서서히 퍼지기 시작했다.

부서진 문 안쪽에서 대정현이 걸어나왔다. 그의 손에 들려 있던 검이 진기를 견디지 못하고 박살이 나 있었다. 대정현은 형태만 남아 있는 자신의 검을 쓰러진 마불의 시체 위로 던졌다.

연소하는 자신이 본 것을 어떻게 생각해야 할지 몰랐다. 마불의 죽음과 대정현이 무슨 관계가 있는지 이해할 수가 없었다. 그러나 지금은 그것을 생각할 때가 아니었다. 그녀가 빠르게 다가왔다.

"전하. 빨리 떠나셔야 합니다!"

대정현이 돌아보자 연소하의 뒤편으로 매영옥과 척살단이 보였다. 달려오는 그들의 기세에 시장사람들이 비명을 지르며 좌우로 피하고 있었다. 두 사람은 달리기 시작했다.

높은 곳에서 바라보는 시장의 모습은 참으로 명확했다. 대정현과 연소하가 어디로 움직이고 있는지 확실하게 보였다. 특히 뒤를 쫓는 척살단과 비명을 지르며 피하는 시장의 사람들 때문에 목표를 놓칠 염려도 없었다.

하동 시장의 가장 높은 건물의 지붕 위에서 군화평은 미소를 지었다. 마침내 발해의 마지막 왕자가 자신의 손에 들어온 것이었다. 눈에 뜨인 이상 왕자는 죽은 것과 같았다.

군화평이 어깨에서 매를 날려 보냈다. 날카로운 울음과 함께 척살단의 상징이 하동의 하늘 위로 날아올랐다.

물이 보였다. 달려가는 두 사람의 앞길을 수로가 막고 있었다.

대정현이 팔을 잡아챘다.

"이쪽이야. 그냥 뛰어!"

그들이 물 속으로 뛰어들자 뒤를 따르던 척살단원들이 암기를 날렸다. 치명적인 암기들이 물살을 가르고 지나가며 수중에 백색의 사선을 그려냈다. 연소하가 다급하게 대정현을 보호하며 몸 쪽으로 날아오는 암기를 쳐냈다.

수로를 향해 달려오던 척살단 중에 두 명이 물 속으로 따라 들어갔다. 매영옥은 다른 척살단원들을 제지한 후 수로의 주변으로 배치시켰다. 아무리 고수라도 숨을 쉬지 않고는 살 수 없다. 결국은 물 위로 올라올 수밖에 없으리라. 수면 위를 바라보는 매영옥의 눈이 날카롭게 빛났다.

물 속으로 잠수해 가던 연소하가 뒤를 보았다. 두 명의 척살단이 빠르게 다가오고 있었다. 그녀는 몸을 돌려 척살단을 향해 나아갔다. 대정현은 그녀를 잡으려고 손을 뻗었지만, 이미 연소하는 그들을 향해 가고 있었다.

그녀의 검이 물을 가르며 척살단을 향해 나아갔다. 검의 흐름을 따라 기포를 형성하며 척살단과 연소하의 검이 얽히다가 빨간색의 피가 물 속에서 퍼져 나갔다. 놀란 눈으로 검에 맞은 동료를 보던 척살단원을 향해 연소하의 검이 또다시 물을 갈랐다.

물 위로 두 구의 시체가 떠올랐다. 더 망설일 이유가 없었다. 매영옥은 품에서 암기를 꺼내어 들었다.

암기가 쏟아져 들어오는 가운데 연소하는 다시 대정현에게로 갔다. 대정현의 얼굴은 숨이 막힌 듯 흰 물거품을 쏟아냈다. 그는 호흡 곤란을 겪고 있었다. 연소하가 그를 낚아챘다. 그리고는 대정현을 감싼 채 그의 입으로 자신의 입을 가져갔다.

두 사람의 입술이 포개어졌다. 대정현이 눈이 휘둥그레졌다가 천천히 숨이 들어오자 점차 부드러운 표정으로 변해갔다. 다시 암기가 날아왔다. 연소하가 돌아서며 암기를 쳐냈다. 그러나 그녀의 얼굴에도 곧 고통스런 표정이 나타났다. 그녀도 호흡이 힘들어지고 있었기 때문이다.

대정현은 주변을 둘러보았다. 그리고 그녀에게 손짓을 한 후 수면 위로 올라갔다. 물 위로 배가 보였다. 물 밖으로 고개를 내민 대정현이 순간적으로 배를 뒤집어 버렸다. 한두 사람만을 태우고 수로를 이동하던 작은 배는 쉽게 뒤집혔다.

공간이 만들어졌다. 대정현은 뒤집힌 배의 안으로 연소하를 이끌었다. 그녀가 거칠게 숨을 몰아쉬었다. 대정현은 그녀를 바라보았지만 그녀의 시선을 맞추지 않았다. 조금 전 자신의 입술에 닿았던 그녀의 입술이 또렷하게 기억되었기 때문이다.

그때 머리 위에서 요란하게 암기 꽂히는 소리가 들려왔다. 그리고 갈라지는 배의 틈 사이로 빛들이 새어 들어왔다. 두 사람은 다시 물 속으로 잠수해 갔다. 대정현이 앞을 보라는 손짓을 했다. 수로의 벽면으로 커다랗게 뚫려 있는 몇 개의 구멍이 보였다.

커다란 소리와 함께 두 사람이 물 속에서 솟아올랐다. 연소하는 주변을 둘러보았다. 그곳은 지하 수로였다. 통로의 끝은 지상의 어딘가로 연결되어 있었고, 다른 한쪽은 수로와 연결된 채 많은 양의 물이 흐르고 있었다.

두 사람은 숨을 몰아쉬며 물이 흐르지 않는 곳으로 나왔다. 대정현이 바닥에 털썩 쓰러지며 누워 버렸다. 그는 숨을 몰아쉬며 천정을 보고 있었다. 연소하는 그의 옆에 조용히 앉아 숨을 고르기 시작했다.

조금의 시간이 지나자 두 사람이 내쉬는 숨소리가 규칙적으로 변해갔다.

"여긴 어떻게 아셨습니까?"

"예전에…… 그래, 꽤 됐지. 친구 놈하고 이 길로 도망친 적이 있어."

대정현은 아직도 숨이 찬 듯했다.

"그런데 같이 죽음을 각오했던 그런 놈이 날 팔아먹었다. 누굴 믿어야 할지 알 수 없게 돼 버렸어."

눈동자는 허탈하고 목소리에는 힘이 없었다. 한참을 그렇게 천정을 바라보던 그가 벌떡 일어나 연소하를 노려보았다.

"너 말이야. 너, 뭐 때문에 그렇게까지 날 데려가려는 거냐?"

"발해의 왕이 되실 분이기 때문입니다."

대정현이 코웃음을 쳤다.

"나 어떻게 사는지 봤잖아? 내가 그런 자리에 어울린다고 생각해?"

"훌륭한 왕이 되실 겁니다."

대정현이 웃음을 터뜨렸다. 고개를 숙인 채 통쾌하게 웃는 그의 몸 주위에서 물방울이 튀었다. 서서히 소리가 잦아들고 격렬하던 들썩임이 멎어갔다. 그가 머리를 무릎에 파묻은 채 이야기했다.

"그렇게 봐주는 건 고마운데 사실을 하나 가르쳐 줄까?"

연소하가 말없이 바라보았다.

"난 이곳에 널 두고 도망치려고 했어. 친구 놈이 배신해서 실패한 거야."

"진정으로 그럴 생각이라면 그 동안 기회는 많았습니다."

대정현이 다시 고개를 들었다.

"내가 이런 얘기를 왜 하는 거 같애? 난 발해에 갈 생각이 없다는 소리야. 만일 살기 위해서라면 다른 방법도 많아."

"무슨 일이 있어도 가셔야 합니다."

그녀는 항상 똑같았다. 화를 참지 못하고 대정현이 외쳤다.

"그럼 어디 내가 발해로 가야 할 이유를 하나라도 대봐! 도대체 내가 왜 거길 가야 되는데? 왕이 되어야 한다는 거 말고. 거기가 내 고향이라서?"

연소하는 안타까운 표정으로 그를 바라보았다.

"모친의 임종을 지키지 못한 것으로 알고 있습니다."

"그런데?"

"가는 길에 천애곡을 지날 것입니다."

그의 기억 속에 떠오르는 것이 있었다.

"천애……곡?"

"모친이신 오씨 부인의 고향으로 알고 있습니다."

대정현을 바라보며 그녀가 천천히 말을 이었다.

"그곳에 모친의 묘소가 있습니다."

지하 수로는 계속 이어졌다. 물소리와 발소리가 박자를 맞추며 들렸다. 걸어가는 두 사람 중 누구도 입을 열지 않았다. 대정현의 혼란은 더욱 심해지고 있었다. 발해를 떠나올 때 자신을 바라보던 어머니의 눈빛이 생각났다. 병중이었던 어머니는 자신만을 걱정하고 있었다. 그래서 모친의 뜻을 들어주려고 처음 유배된 곳에서 빠져 나와서는 월낙가에서 살았다.

그 후로 그에게 과거는 죽은 것과 같았다. 14년은 모든 것을 잊고, 죽은 것으로 생각하기에 충분한 시간이었다. 그런데 어느 날 갑자기 죽었던 발해의 기억이 다시 살아나 자신을 부르고 있었다.

많은 생각 끝에 대정현은 결심했다. 연소하와 함께 가기로 했던 생각을 바꿨다. 물론 왕이 될 생각은 눈곱만큼도 없었다. 천애곡까지만 갈 생각이었다. 그는 어머니의 묘소를 볼 때까지 만이라고 몇 번씩 다짐했다.

마침내 걷고 있는 두 사람의 앞으로 빛이 보였다.

"다 왔어. 저기로 나가면 숲길로 연결된 마을 입구다."

대정현은 성큼성큼 앞으로 걸어갔다. 연소하가 그 모습을 보다가 뭔가 이상하다고 생각했다. 그의 걸음걸이가 왠지 불안해 보였다. 그녀는 미간을 찡그리며 그 이유를 생각해 보았다.

그녀는 빠르게 검을 뽑았다. 대정현 때문이 아니었다. 그를 향해 어디선가 강력한 살기가 쏘아지고 있었기 때문이었다. 물을 뚫고 나오는 요란한 소리와 함께 검은 인영이 대정현을 향해 날아갔다.

"전하!"

군화평이 내리치는 검이 대정현의 등을 베었다. 짧은 비명과 함께 그가 바닥으로 굴렀다. 척살단주 군화평은 왕자의 숨을 끊고 일을 마무리짓기 위해 다가갔다. 그 순간 연소하가 달려와 그에게 부딪혔다.

"군화평!!"

검과 검이 부딪혔다. 연소하와 군화평이 검을 맞댄 채 움직이지 않았으며 서로를 쳐다보았다. 분노한 그녀를 향해 군화평이 미소를 지었다.

"오랜만이구나. 비선원 상계무장 연소하."

연소하는 검을 겨눈 채 바닥에 쓰러진 대정현을 보았다. 기절한 그의 등에서 빨갛게 피가 흘러나오고 있었다. 분노한 연소하의 검이 군화평을 향해 뻗어갔다. 군화평은 그녀의 모든 공격을 빠르게 튕겨냈다. 그에게서는 방심하는 빛도 보이지 않았지만 긴장하는 기색도 없었다. 다시 떨어진 두 사람이 서로를 향해 검을 겨눴다.

군화평이 검의 각도를 바꾸며 다시 그녀를 겨눴다.

"무너진 발해엔 미래가 없다. 저놈을 보호할 가치조차 없단 얘기지. 어떠냐? 나와 같이 손을 잡지 않겠나?"

대수현을 척살했을 때 군화평은 그녀의 존재를 알고 있었다. 하지만 그 당시에 가장 중요한 것은 왕자의 죽음이었다. 목적을 달성하는데 불필요한 위험은 감수할 필요가 없었다. 그는 연소하를 해린사에 묶어두는 전략을 택했다.

그리고 한편으로 그는 연소하의 실력을 탐내고 있었다. 그녀는 자신이 척살단주가 되기 전에 기존의 척살단을 궤멸 직전까지 몰고 갔던 주인공이었다. 만일 그녀가 자신과 뜻을 같이 한다면 계획은 훨씬 쉽게 달성될 수도 있었다.

"무슨 일이 있어도 전하를 지키는 것이 저의 임무입니다."

군화평은 그녀를 보며 자신이 너무 달콤한 생각을 했다는 것을 깨달았다. 그녀의 눈빛은 조금의 두려움도 없었고, 그녀의 굳게 다문 입술은 어떤 타협도 허용하지 않을 것이라고 말하고 있었다. 그녀를 죽여야 했다. 그래야 자신의 목적을 이룰 수 있었다.

"하지만 내 목적은 대씨 왕조의 씨를 말리는 거다. 마지막 한 놈까지!"

그가 다시 연소하를 향해 검을 쳐나갔다. 순식간에 부딪히는 검의 불꽃과 흩날리는 물방울들이 어지럽게 뒤섞였다. 두 사람이 보법을 밟을 때마다 들려오는 바닥의 물소리와 검이 부딪히는 금속음이 지하 수로를 타고 울려 퍼졌다.

동시에 군화평의 외침이 그 모든 것을 누르며 들려왔다.

"내가 아는 것은 하나다! 내 아버지와 가문이 역모의 누명을 쓰고 대씨 왕조에게 처참한 죽음을 당했다는 것!"

"누명이 아닌 것으로 알고 있습니다."

연소하가 그의 검을 튕겨 내며 말했다.

"뭐라고 떠들던 상관없다! 죽이겠다. 내 아버지와 가문을 모욕한 자 누구라도……."

그때 연소하의 뒤에서 미약한 신음이 들려왔다. 대정현이 고통스런 듯 몸을 떨고 있었다. 연소하의 눈에서 불꽃이 튀었다.

군화평의 입가가 웃음을 띠며 일그러졌다.

"좋은 눈이다. 언제나 평정을 유지하던 네 눈에 살심이 가득해."

강렬한 기세로 돌진해 나가는 연소하의 공격에 군화평이 가까스로 피하며 밀려나더니, 다시 그녀의 검을 강하게 튕겨냈다. 충격으로 인해 연소하의 손이 떨려왔다. 어쩔 수 없는 힘의 차이로 인해 그녀는 군화평에게 대결의 주도권을 넘겨주고 있었다.

군화평은 검으로 자신의 목을 가리켰다.

"죽이고 싶겠지? 그럼 단번에 여기, 숨통을 끊어라. 방어를 도외시한 단 일격이라면 가능할지도 모른다."

군화평의 검이 다시 연소하를 향했다. 그리고 진동하기 시작했다.

"아니면 나에게서 벗어날 수 없다!"

"등 뒤에서 찌르는 방법도 있지."

군화평의 검이 진동을 멈췄다. 대정현이 힘겹게 일어서고 있었다. 연소하가 빠르게 달려가 그를 부축했다.

"전하. 괜찮으십니까?"

"안 괜찮아. 등에 칼을 맞는 게 얼마나 끔찍한 줄 알아?"

대정현은 그녀를 밀어내며 군화평을 노려보았다. 군화평의 차가운 시선이 비웃음과 함께 그것을 되받았다. 대정현은 천천히 벽에 손을 가져갔다. 하수도 벽에서 불꽃이 튀었다.

문득 바라본 군화평의 발 아래로 어느 새 불꽃이 타오르는 연무탄이 구르고 있었다. 파열음과 함께 흰색 연기가 하수도 안으로 빠르게 퍼져나갔다. 그 연기는 순식간에 모든 사람의 시야를 가려 버렸다. 그리고 하수도를 빠져 나가는 발소리가 들렸다. 물소리에 섞여 두 명인지 한 명인지 정확하지 않았다. 온통 하얗게 변해 버린 동굴 속에서 군화평은 검에 손을 댄 채 연기가 가라앉기만을 기다렸다.

두 사람이 연기와 함께 지하 수로의 입구로 뛰어나왔다. 물과 연기를 뒤집어 쓴 남녀를 벌목하러 나온 인부들이 의아한 듯 쳐다보았다. 그때 건초 옆에서 풀을 뜯고 있는 말 한 마리가 대정현의 시야에 들어왔다. 그는 연소하를 끌어올려 무작정 말에 올라탔다. 항의하는 인부들을 뒤로 하고 말이 달려 나갔다.

말은 빠르게 숲길로 들어갔다. 앞에 연소하를 태운 대정현이 뒤에서 말고삐를 당기고 있었으므로 고삐를 잡고 있는 연소하의 손과 계속 부딪혔다. 게다가 두 사람이 밀착되어 있었기 때문에 서로의 체온이 빠르게 전해져왔다. 물이 떨어지는 옷을 통해 전해지는 체온은 새삼스레 서로의 따뜻함을 느끼게 했다.

연소하는 당혹스러웠다. 어색함 때문에 얼굴이 붉어진 그녀는 무엇이든 말을 해야 했다.

"군화평이 안 쫓아올 걸 어떻게 아셨습니까?"

"바꿔서 생각해봐. 연기 가득한 수로 어디서 검이 날아올 줄 알고 쫓아와. 고수란 놈들은 원래 생각이 많잖아."

대정현이 인상을 찡그리며 계속 말했다.

"14년을 오로지 도망치는 것만 생각하며 살았어. 언제 올지 모르는 자객을 기다리면서……."

대정현의 목소리에서 자신에 대한 자조가 깊게 배어 나오고 있었다. 눈동자가 미세하게 떨리며 눈빛이 흔들렸다. 연소하는 차마 대정현 쪽으로 고개를 돌리지 못했다.

그가 천천히 연소하의 어깨 위로 몸을 기대어왔다.

"전하……."

그는 대답이 없었다. 연소하는 문득 자신들이 타고 있는 말을 보았다. 배 부분을 붉게 물들이며 피가 아래로 떨어지고 있었다. 대정현의 등에서 흘러내리는 피였다.

"전하!"

놀란 연소하가 대정현을 돌아보았다. 그의 얼굴에서 급격하게 핏기가 사라지고 있었다.

07
잊혀진 왕자, 잊혀진 기억

그 마을은 과거에 마을이었다는 것만을 알 수 있었다. 무너져 가는 집들을 배경으로 더럽혀진 옷가지와 그릇들, 각종 농사도구들이 굴러다녔다. 살아있는 동물은 한 마리의 말뿐이었다. 말이 세워진 집에 보이는 등불만이 사람의 존재를 알리고 있었다.

그리고 그곳에서 비명이 터져 나왔다.

윗옷을 벗고 침상에 엎드려 있는 대정현의 위로 등불의 빛이 일렁거렸다. 연소하가 그의 상처에 약을 바를 때마다 그는 짧은 비명을 질렀다.

검상을 제때 치료하지 않으면 죽음에 이를 수도 있다. 연소하는 전쟁터에서 그런 모습을 수도 없이 보아왔기 때문에 그가 어떤 비명을 지르거나 투정을 해도 자신이 할 일을 했다. 대정현도 포기한 듯 신음을 빼고는 입을 열지 않았다.

간단한 치료를 끝낸 연소하가 다시금 그의 등을 내려다보았다. 군화평에게 당한 칼자국 밑으로 커다란 흉터가 가로 지르고 있었다.

"큰일날 뻔하셨습니다."

"그렇게 심각한 건 아닐 텐데……."

말을 하던 대정현은 연소하의 손길을 통해 그녀의 말이 자신의 흉터를 가리키고 있다는 것을 알았다.

"뒷골목에서 당한 거야."

"전쟁터에서 당하신 겁니다."

대정현이 피식 웃었다.

"네가 어떻게 알아? 나 같은 놈이 전쟁은 무슨……."

"열다섯 어린 나이에 부친이신 황제폐하를 따라 거란과의 싸움에 참여하신 걸로 알고 있습니다."

대정현의 얼굴이 굳어졌다. 새로 생긴 상처보다 원래 가지고 있던 흉터의 기억이 더욱 고통스럽게 다가왔다. 그리고 흉터를 따라 잊혀진 과거들이 그를 찾아왔다. 그것으로부터 도망쳐야 했다.

"이제 됐어. 그만 하자. 자고 싶다."

몸을 옆으로 돌리려는 그의 등을 연소하가 눌렀다. 대정현이 짧게 비명을 질렀으나 그녀의 손길은 단호했다.

"아직 안 끝났습니다. 검상을 제때 치료하지 않으면 생명이 위독할 수도 있습니다."

대정현은 한 마디 말을 하려고 했지만 그녀는 이미 상처를 중심으로 몸에 붕대를 감고 있었다. 그는 편하게 이대로 잠이나 자자고 생각했다. 잠을 자면 모든 것을 잊을 수 있을 것 같았다. 우선은 자신을 온통 휘젓고 있는 과거의 기억으로부터 벗어나야만 했다.

밤이 깊어지며 땅에 꽂힌 향이 꺼져가고 있었다.

작은 신음 소리가 들리자 연소하는 조용히 눈을 떴다. 잠을 자는 대정현이 고통스러운 듯 몸을 움찔거렸다. 등의 상처 때문인지도 몰랐다. 무슨 말인지 알 수는 없었지만 그의 입은 계속 웅얼거리는 소리를 냈다.

연소하는 그의 이마에서 흘러내리는 식은땀을 닦아 주었다. 그러자 그가 잠꼬대를 멈추며 평온한 얼굴이 되었다. 약간은 안심이 된 연소하가 자기 자리로 들어오는 순간, 다시 고통스런 중얼거림이 들려왔다. 끔찍한 악몽을 꾸고 있는 모양이었다.

막사는 밤안개가 퍼지기 시작하는 숲 속에 세워졌다. 척살단의 전장(戰場)은 따로 정해져 있지 않았다. 죽일 상대가 있는 곳이라면 어디라도 갔고, 상대를 추적하는 모든 길에서 잠을 잤다. 그들에게 막사를 세우고 잠을 청할 여유가 있다는 것은 오랜만에 찾아온 휴식과도 같은 것이었다.

매영옥은 막사 앞에 서 있는 정자를 보았다. 그것은 흐르는 강을 감상할 수 있는 위치에 세워져 있었다. 그곳에 척살단의 수장이 홀로 앉아 술을 마시고 있었다.

군화평은 천천히 자신의 잔에 술을 채웠다.

그에게 죽음은 삶의 또 다른 모습이었다. 그의 일은 죽음을 만드는 일이었고, 그의 삶은 모두 타인의 죽음으로 이루어져 있었다. 수많은 적과 자신을 따르는 부하들의 죽음을 지켜보았다. 일상이 되면 모든 것이 익숙해지고 무감각해진다. 죽음이라고 예외는 아니었다.

무사에게는 죽음도 언젠가 자신이 받아들여야 할 일상이다. 검을 처음 잡는 순간, 그는 피를 원하는 악귀를 한 마리 키우게 된다. 그리고 악귀는 최종적으로 주인의 피를 요구하게 되어 있었다. 검을 든 자는 자신이 벤 사람의 피에서 결국에는 자신이 흘리게 될 피를 본다. 모든 것은 그렇게 되어 있었다. 단지 빠르냐 늦느냐, 시간의 문제일 뿐이었다.

그에게는 마불의 죽음도 다르지 않았고 특이할 것이 없었다. 단지 마불 자체가 특이했을 뿐이다. 승복을 입기 시작한 것은 그가 척살단에 들어온 이후였지만, 그전부터 그는 마불이라고 불리고 있었다.

그는 언제나 사람을 죽이는 것을 성불시키는 것이라고 말했다. 그리고 현세는 모두가 지옥이므로 죽어야 극락에 갈 수 있다고도 말했다. 척살단주가 된 자신이 발해의 군영으로 매영옥과 마불을 데리러 갔을 때 그가 했던 말이 떠올랐다.

'그거 재미있겠군요. 저도 끼워주시겠습니까?'

군화평의 입가에 미소가 지어졌다.

'성불했군. 극락왕생하시게.'

매영옥이 그에게 걸어왔다.

"본진에서 연락이 왔습니다. 어떻게 하시겠습니까?"

그 내용은 알고 있었다. 갑자기 야율철라가 척살단주를 소환하고 있었다. 이유는 알 수 없었지만, 군화평 자신에게 도움이 되는 일은 아닐 듯했다. 조정의 정치상황은 한 치 앞을 알 수 없었다. 귀환하기 전에 왕자의 죽음이 필요했다.

"못 찾았다고 해."

"저도 연소하를 베기 전엔 안 돌아갈 생각입니다."

매영옥이 한쪽 무릎을 꿇었다. 군화평이 술을 따르며 말했다.

"연소하를 베겠다? 연소하는 척살대 고수들도 만만히 볼 수 없는 최상급 고수다. 이번 임무로 너마저 잃을 순 없다."

매영옥의 자존심에 불이 붙었지만 척살단주에게 화를 낼 수는 없었다.

"하지만 저희는 척살단입니다. 목표로 한 이상 죽여야 합니다."

들어올리던 술잔이 내려졌다. 군화평이 그녀를 보았다.

"정녕 그것뿐이냐?"

"제가 명을 받은 이상 제 손으로 해결하고 싶습니다. 그리고 이번 일로 단주님께 누가 되긴 무엇보다 싫습니다."

그녀의 심정을 모르는 바 아니었다. 상대가 연소하이기 때문이다.

"너에게 나흘의 시간을 주겠다."

술잔이 다시 들어올려졌다.

"그 후에 내가 연소하를 보게 되면, 너에게 기회는 없다."

"알겠습니다."

매영옥이 인사를 한 후 막사로 걸어갔다. 군화평이 발해의 군영으로 자신을 찾아왔을 때 그는 자신을 더 이상 장군이라고 부르지 말라고 했다. 동란국으로 넘어간 그의 신분은 척살단주였다. 그때 그녀는 말했다.

'호칭은 상관없습니다. 저에게는 언제나 같은 분이십니다.'

그랬다. 그녀에게 군화평은 언제나 충성을 다해야 하는 주군이었다. 동시에 그는 그녀의 마음 속에 있는 유일한 남자였다.

그 남자의 입에서 연소하에 대한 이야기가 나왔다. 발해 최고의 여무사는 자신이 되어야 했다. 발해 최고의 여무사만이 무신 군화평의 짝이 될 자격이 있었다.

그의 손에 들려 있는 것은 긴 자루가 달린 도끼였다. 그것이 자신의 등을 파고들었다. 살을 찢고 들어와 뼈를 드러내는 끔찍한 소리가 들려왔다. 등에서 시작된 고통이 전신으로 퍼져 나가며 그의 뇌와 감각을 마비시켰다. 자신이 지르는 비명이 멀리서 들려오는 메아리처럼 울렸다.

대정현이 잠에서 깨어났을 때 그의 전신은 온통 땀에 젖어 있었다. 지독한 악몽이었다. 그 꿈이 끔찍한 것은 실제로 일어났던 일이기 때문이다. 그는 그 일을 완전히 잊어버리고 싶었고, 의식적으로도 기억을 하지 않으려고 했다.

또다시 등에 있는 흉터에서 고통이 느껴졌다.

그때 어디선가 물이 끓는 소리가 들려왔다. 모닥불 위로 삼발이에 매달린 음식 그릇이 김을 모락모락 피워대고 있었다. 그러나 음식을 만든 사람은 보이지 않았다. 멀리서 아주 작게 망치 소리가 들려왔다.

밖으로 걸어 나온 대정현은 쓰러져 가는 마구간에서 연소하를 발견했다. 그녀는 버려진 마차에 망치질을 하고 있었다. 대정현을 본 그녀는 고개를 숙여 예를 갖춘 후에 일을 계속했다.

그가 걸어가며 주위를 둘러보았다.

"이 동넨 없는 게 없구만."

“챙길 틈이 없었겠지요. 자기 한 몸 피난 가기도 바빴을 테니까요.”

“그건 뭐하게?”

대정현이 턱으로 마차를 가리켰다.

“전하의 몸이 성치 않으시니 이걸 써야 할 것 같습니다.”

검의 고수가 망치질의 고수는 아니다. 능숙하지 못한 망치질을 하는 그녀의 이마에 땀방울이 맺혔다.

“마차라? 편하기는 하겠구만. 이리 줘봐.”

대정현이 망치를 요구했다.

“제가 하겠습니다.”

그녀의 손에서 망치를 빼앗듯이 받아 쥔 대정현이 능숙하게 망치질을 해나가기 시작했다. 검은 검을 다루는 고수가 쥐어야 하고 망치는 망치질의 고수가 쥐어야 했다. 그의 손에 잡힌 연장이 마차와 부딪히며 경쾌한 박자로 울리기 시작했다. 이리저리 마차의 주위로 돌아가며 손질을 하는 그의 모습은 꽤 훌륭한 고수의 모습이었다.

연소하가 그를 보며 쑥스러운 표정으로 웃었다.

“목공 일은 언제 배우셨습니까?”

“부서진 물건은 고쳐 팔아야 했거든. 훔쳐올 때 꼭 깨뜨려서 오는 놈들이 있어.”

그녀의 얼굴에서 미소가 사라졌다.

“왜? 그새 내가 뭘 하고 살았는지 잊어버렸나?”

망치질의 속도가 빨라졌다.

“이젠 알겠지? 전혀 왕이 될 놈이 아닌 거다. 잘못 찍은 거라고.”

연소하가 그 모습을 지켜보다가 나지막하게 말했다.

"금휘 장군……."

망치질이 멈췄다.

"병사들은 그렇게 불렀지요. 열다섯 어린 나이에 전쟁터에 나온 용맹한 왕자를 말입니다."

대정현이 그녀를 돌아보았다.

"번쩍번쩍 빛나는 새 투구를 쓰고 전쟁터를 용맹하게 달리는 모습이 너무나도 눈에 띄었으니까요."

그의 표정은 돌처럼 딱딱했다. 그녀는 생각보다 자신에 대해 많은 것을 알고 있었다. 누군가 이야기를 해줬을 것이다. 금휘 장군이라는 말에는 약간의 농담이 섞여 있었다. 적어도 자신은 그 이름을 크게 자랑스러워하지 않았다. 처음 전쟁터에 나와 투구가 더럽혀질 시간이 없었던 풋내기의 모습이 그려졌다.

"어디까지 아는 거냐?"

"모든 왕자들이 한 번씩은 전쟁터에 나왔으나, 금휘 장군과 같은 무훈을 세운 분은 없습니다. 충분히 이 어려운 시기에 왕이 되실 수 있는 분입니다."

망치질이 다시 시작됐다.

"그 놈은 이제 없다. 남은 건 이런 재주밖에 없는 소삼이란 놈이야."

"사람의 본성은 변하지 않습니다."

대정현은 다시 망치질에 집중했다.

"잘못된 생각이다."

"전 확신을 가지고 있습니다."

"고집 피우네. 만일 네가 틀렸으면 어쩌려고?"

"제 목숨을 걸겠습니다."

한순간의 망설임도 없는 답변과 동시에 망치질이 멈췄다.

대정현은 비스듬히 누웠다. 자신이 고쳐 놓은 마차는 돌이 널려 있는 산길도 아무 문제없이 달리고 있었다. 아직 솜씨가 녹슬지는 않았다고 생각하며 술병을 들었다. 옆에서는 연소하가 말고삐를 잡고 있었다.

다시 그녀가 했던 말이 생각났다. 자신을 발해로 데려가기 위해 마음에도 없는 말을 했을지도 모른다. 거래의 성사를 위해서는 얼마든지 거짓말을 할 수 있다는 것을 잘 알고 있지 않은가. 그 말을 진지하게 생각하고 있는 자신이 우스워졌다. 그녀의 걱정을 조금 덜어주기로 했다.

"어이. 연무장. 걱정 안 해도 돼."

연소하가 돌아보았다.

"천애곡까지는 갈 생각이니까, 도망 갈까봐 걱정 안 해도 된다고. 어미 묘소도 못 보고 죽는 후레자식이 될 순 없잖아. 안 그래?"

그는 술병을 들었다. 술을 마시지 않고는 견딜 수 없는 기분이었다.

연소하의 눈에 다시 연민이 나타났다. 대정현은 더 이상 그것에 대해 화를 낼 기운도 없었다. 한편으론 왠지 그 눈빛이 익숙하다고 느껴졌다. 어디서 보았을까. 일부러 생각해낼 필요는 없었다. 그는 다시 술을 마셨다.

　연소하는 마차를 세우고 숲에서 야영 준비를 하고 있었다. 폐허 마을에서 가져온 물건들이 요긴하게 사용되었다. 대정현은 작은 바위에 앉아 술을 마셨다. 왠지 술이 없으면 견딜 수 없을 것 같았다.

　술과 숲의 경치를 즐기던 그의 눈에 연소하가 내려놓은 검이 들어왔다. 대정현은 걸어가서 그 검을 들어보았다. 수현 형님의 검이었다. 자신도 이것과 똑같은 검을 부친으로부터 받았다.

　똑같이 생긴 두 개의 검. 그러나 운명은 달랐다. 하나는 부러졌고, 하나는 이렇게 남았다. 검을 받은 한 명은 중원으로 가서 장물아비가 되었고, 다른 하나는 나라를 위해 싸우다가 죽었다. 한 명은 그녀에게 이 검을 주었고, 자신은……

　대정현이 검을 휘둘렀다. 밤공기를 가르며 검이 소리를 냈다. 연소하는 그 모습을 보고 있었지만 아무 말도 하지 않았다. 대정현이 검을 좌우로 휘둘러보고 있었다. 그러다가 다시 검을 빠르게 움직여 갔다. 동시에 그의 발이 일정한 간격으로 움직이며 검의 흐름을 선도해 나갔다. 연소하의 눈에 이채가 스쳤다.

　대정현은 자신의 동작에 몰입해 갔다. 검이 베는 것은 바람. 그러나 대정현은 자신의 마음 속에 떠오른 상념들을 베고 있었다. 그는 자신을 괴롭히는 모든 과거의 기억을 베고 싶었다. 그러나 기억을 벨 때마다 다른 과거가 훨씬 더 선명한 모습으로 나타났다.

　그의 눈에 자신이 바위에 올려놓은 술병이 보였다. 검이 번쩍이며 술병을 반으로 갈랐다. 동시에 과거의 기억들이 어둠 속으로 사라졌다. 대정현은 동작을 멈추고 바위를 바라보았다. 술이 바위를 적시고 있었다.

아까운 생각은 들지 않았다. 그의 눈이 자신을 바라보는 연소하와 마주쳤다.

걸어오는 대정현에게 그녀가 물었다.

"전하의 검법, 그것은 무엇입니까?"

"처음 보나?"

"전하의 웬만한 무공은 안다고 자부합니다만……."

"그런데 모르겠다?"

대정현이 던지듯 그녀에게 검을 넘겨주었다.

"당연하지. 이건 무공도 뭣도 아니니까. 그냥 춤 같은 거야. 울적하거나 답답할 때 혼자서 추는 춤……."

그는 휘적휘적 불이 있는 곳으로 걸어갔다. 연소하는 돌려받은 자신의 검을 바라보았다

검의 자루에 새겨진 국화 문양이 더욱 선명하게 번쩍였다.

국경 근처의 시장에는 다양한 색이 있었고 다양한 물건이 있었고 다양한 종류의 사람들이 있었다. 그런 다양함이 공존하는 시장의 분위기는 중원에서 볼 수 없는 화려함을 자랑하며 일상을 벗어난 축제 분위기를 만들어 냈다.

두 사람이 탄 마차가 국경의 시장으로 들어섰다. 연소하는 위험했지만 가장 빠른 길을 택하기로 했다. 그래서 거란인들이 지키는 국경을 통과하기로 했다. 어차피 산길로 간다고 해도 척살단의 추적을

피하기는 쉽지 않았다.

하지만 그곳을 통과하려면 거란인으로 보여야 했다. 가장 좋은 방법은 거란인들과 같은 옷을 입는 것이었다.

마차는 옷들이 걸려 있는 가게 앞에 멈춰 섰다. 가게에 걸린 오색의 등도 시장의 화려함 속에서는 매우 평범해 보였다. 연소하가 좌판에 놓인 옷들을 유심히 살피기 시작했다. 대정현도 자신에게는 어떤 옷이 좋을지를 고민했다. 거란인들의 옷은 화려해서 자신의 취향에는 맞지 않았다.

문득 그는 여기에 있는 옷을 연소하가 입으면 어떨까 상상해 보았다. 나름대로 어울릴 것 같기도 했지만, 언제나 백색의 무복(武服)을 입고 있는 그녀였기에 모습이 잘 그려지지 않았다.

"이 정도면 될 것 같습니다."

연소하가 옷을 들어 그에게 맞춰보는 동작을 취했다. 물론 잘 어울리나 보는 것이 아니라 크기를 맞춰 보고 있었다. 대정현도 그 옷이 마음에 들었다. 다른 옷보다는 평범해 보였다.

그의 옷을 고른 연소하가 자신의 옷을 살펴보기 시작했다. 그녀는 가장 평범해 보이는 옷을 집어들었다.

"그거 말고……."

대정현이 훨씬 화사한 옷을 가져와 그녀의 몸에 맞춰보았다.

"이게 낫다. 이걸 입어라."

붉은색의 망사가 섞인 그 옷은 화려한 듯했지만 다른 옷에 비해 훨씬 품격이 있어 보였다. 연소하는 망설였다. 살면서 이렇게 화려한 옷을 입어본 적이 없었다. 대정현이 앞에서 미소를 지으며 고개를 끄덕였다. 그녀는 그 옷을 입기로 했다.

연소하가 구입한 옷을 마차에 올려놓았을 때 대정현이 말했다.

"여기서 잠깐만 기다려. 다녀올 때가 있으니까."

이번과 똑같은 상황을 경험한 적이 있다. 하동에서도 그는 지금처럼 말했다.

"왜 못 믿겠어?"

대정현은 자신의 입으로 천애곡까지 가겠다고 말했다. 그녀는 그를 믿기로 했다.

"다녀오십시오. 저는 객잔으로 돌아가 기다리겠습니다."

그의 표정이 의외라고 말했다. 하지만 그는 곧 손을 흔들고 시장으로 사라졌다. 연소하는 자신이 과연 잘한 것일까 생각해 보았다. 그러나 지금은 믿어야 할 때였다.

연소하는 혼자서 마차를 몰고 미리 잡아놓은 객잔으로 갔다. 얼마 되지 않아 대정현은 객잔으로 돌아왔다. 연소하도 행선지를 묻지 않았고 그도 대답하지 않았다.

그날 밤도 연소하는 그의 방문을 지켰다.

맑은 햇살이 쏟아지며 나무로 만든 마차의 결을 선명하게 보여주었다. 대정현은 마차에 짐을 실으며 자신이 작업해 놓은 것을 뿌듯하게 바라보았다.

버려진 마차가 그의 손질을 통해 시장에 내다 팔아도 손색이 없는 물건으로 변했다. 모양만이 아니라 바퀴에도 이상이 없는 것을 다시 확인한 대정현이 객잔을 바라보았다. 그곳에서 자신이 골라준 옷을 입은 연소하가 나오고 있었다.

처음에 그는 사람을 잘못 보았다고 생각했다. 그러나 그녀는 연소하였고 자신과 함께 샀던 붉은색의 옷을 입고 있었다.

대정현은 옷을 고를 때 그녀가 옷을 입고 있는 모습을 그려보았다. 꽤 잘 어울릴 것으로 생각했지만 그의 예상은 빗나갔다. 그 옷은 그녀를 위해 만든 옷이었다. 그는 시선을 뗄 수가 없었다. 걸어오는 그녀의 몸에서 빛이 쏟아지는 것 같다고 그는 생각했다.

그가 자신을 뚫어지게 보자 연소하는 당황했다.

"왜, 그러십니까?"

"아, 아니. 뭐. 잘 어울리는 것 같기도 하고……."

대정현은 뭐라고 말을 해야 할지 알 수 없었다. 연소하는 자신의 복장이 낯설기 때문이라고 생각했다. 왠지 쑥스러워진 그녀가 마차 위로 올라가 고삐를 쥐었다.

"지금, 그 모습으로 고삐를 잡는 게 어울리겠어?"

대정현이 마차 위로 올라오며 말했다. 그녀가 고삐를 넘겨주자 그는 품을 뒤적여 넓은 종이 한 장을 꺼내 보였다.

"통행증이야. 그냥 장사꾼이라 말하면 돼."

그가 어디를 다녀왔는지 명확해졌다.

대정현이 고삐를 당기자 말이 움직이며 마차가 굴러가기 시작했다.

거란인들이 설치한 국경의 검문소로 가기 위해서는 그 마을을 지나야 했다. 한때는 발해의 땅이었지만 지금은 아니었다. 전쟁의 창

칼 아래 발해는 무너졌고, 마을은 상처를 입었고 땅은 거란인들의 것이 되었다.

연소하는 그 마을을 피하고 싶었지만 다른 길이 없었다. 마을의 외곽으로 들어서는 순간부터 대정현은 입을 닫았다.

"이곳에서 큰 싸움이 있었습니다."

듣지 않아도 알 수 있는 말이었다. 무너지거나 불에 탄 주변의 집들이 그곳에서 있었던 싸움을 보여주었다. 과거의 논밭이었던 곳이 황폐한 구덩이가 되어 있었다.

"고향에 와서 처음 보는 게, 결국은 이런 풍경이군."

대정현은 천천히 움직이는 마차 위에서 주변을 바라보았다. 길가에 피워놓은 불에서 솟는 연기가 점점 가까워졌다. 불가에는 피로와 허기에 지친 모습으로 노인과 아이들이 앉아 있었다.

마차가 앞으로 지나가자 두 사람을 바라보는 아이들의 눈가에 어떤 감정이 나타났다. 거란의 옷을 입은 거란인에 대한 증오였다.

그들을 마주 볼 용기를 낼 수 없었던 연소하는 입술을 깨문 채 앞만을 바라보았다. 하지만 대정현은 그들로부터 시선을 뗄 수가 없었다. 그의 목소리에 분노가 묻어났다.

"중원이나 여기나 똑같애. 전쟁이 일어나면 죽어가는 것은 언제나 힘없는 양민들. 싸우러 나간 자는 전쟁터에서 죽고, 남은 자는 약탈당해 죽는다."

연소하의 눈에 물기가 서렸다.

"내가 중원에서 보고 느낀 것은 하나다. 왕이 되려는 자, 만인의 위에 서려는 자, 그 놈들이 자기들 욕심 때문에 난을 일으키고, 백성들을 전쟁터로 끌고 가 죽이고, 양민들을 약탈해 죽인다."

그랬다. 대정현이 중원으로 갔을 때는 영광을 자랑하던 당나라가 이미 무너진 뒤였고, 5대 10국이라고 부르는 혼란기였다. 수많은 나라가 패권을 다투고 있었다.

5대는 화북의 중심지대를 지배하는 양(梁:後梁)·당(唐:後唐)·진(晉:後晉)·한(漢:後漢)·주(周:後周)의 다섯 나라를 뜻했다. 사가들은 후(後)자를 붙여 그 이전에 존재하였던 같은 이름의 왕조와 구별했다.

그리고 10국은 주변지역의 지방 정권으로, 오(吳)·남당(南唐)·오월(吳越)·민(閩)·형남(荊南)·초(楚)·남한(南漢)·전촉(前蜀)·후촉(後蜀)·북한(北漢)을 말했다.

새로운 나라가 생겨나고 다시 없어졌다. 어제의 군벌이던 자가 오늘의 왕이 되고 다음 날은 다시 역적이 되었다. 유배되어온 왕자는 충격을 받았다. 나라도 왕실이란 것도 영원한 것이 아니었다. 오직 변하지 않는 것은 그 땅에 사는 백성들 뿐이었다.

대정현이 목소리에 분노를 담아 말했다.

"나한테 이런 일을 계속하라는 거냐? 그래서 왕이 필요하다는 거냐?"

"무슨 뜻으로 하시는 말씀입니까?"

"내가 왕이 되면, 백성들은 왕을 따라 전쟁터로 가겠지. 그리고 또 싸우고 죽고. 알겠어? 왕이 없으면 최소한 더는 안 죽어도 된다는 거야."

연소하는 뭔가 말하려다 입을 닫았다. 마을을 걸어가는 거란 병사의 모습이 보였다.

"무엇을 보셔도 동요하지 마십시오. 눈에 띄지 않게 이곳을 통과해 지나가야 합니다."

마차가 움직여 가며 마을의 중심부로 들어섰다. 무기를 든 채 거리를 활보하는 거란 병사들이 가장 먼저 눈에 띄었다. 한쪽에 모여 있던 사람들이 웃음을 터뜨렸다. 거란인들이었다. 발해의 땅이었던 곳을 자기 집처럼 활보하고 있었다.

그들이 걸어갈 때마다 초라한 옷을 입은 사람들이 비켜서며 길을 열어주었다. 자기의 집을 빼앗긴 발해인들은 주눅 든 모습으로 그렇게 살고 있었다.

거란 병사들이 지나가던 발해의 중년 여인을 세워 짐을 조사하는 모습도 눈에 들어왔다. 그 옆에는 무릎이 꿇려진 채 맞고 있는 남자와 울고 있는 아이가 보였다. 다른 병사들이 그것을 보며 웃고 있었다.

고삐를 말아 쥔 대정현의 주먹이 터져나갈 듯했다.

"아무런 내색도 하셔서는 안 됩니다. 아무런 내색도……."

그녀의 목소리도 떨리고 있었다.

"지금 저들은 발해 민병대들을 찾는 것입니다."

집의 창문으로 밖을 내다보고 있는 사람들이 많았다. 휑한 그들의 눈에 가득한 것은 오직 두려움뿐이었다. 마차는 계속 길을 지나갔다. 거란 병사들이 눈길을 주었지만 거란인의 옷을 입고 있는 그들을 보자 흥미를 잃고 시선을 돌렸다.

그때 대정현의 눈에 무엇인가 들어왔다. 여자들이 무엇인가 길가에 매달려 있는 것을 향해 절을 하고 있었다. 마차가 점점 가까이 그 곳으로 움직여 갔다. 점점 모습이 뚜렷해졌다.

가죽을 벗기고 목을 베어 일렬로 걸어놓은 시체들이 보였다. 그 밑에서 여자와 아이들이 주저앉아 서럽게 울고 있었다.

"본보기입니다. 사로잡은 발해 민병대를 본보기로 처형한 것입니다."

말을 하는 연소하의 목소리는 떨렸고 눈가에는 물기가 서려 있었다.

"이곳에서 싸운 것은 발해의 정규 군사들이 아닙니다. 발해의 민병대입니다. 그냥 농사 짓고 나무 자르던 백성들입니다."

그의 눈에 핏발이 섰다. 마차의 바퀴소리 위로 아낙네들의 울음소리가 겹쳐졌다.

"왜 왕이 필요하냐고 하셨습니까?"

천천히 연소하가 그를 바라보았다.

"더 많은 백성들의 헛된 죽음을 막기 위해, 그래서 왕이 필요한 것입니다."

그는 아무 말도 하지 않았다. 마차가 마을을 완전히 벗어나자 대정현은 자신들이 지나온 마을을 조용히 돌아보았다. 발해의 마을이 멀어지며 작아지고 있었다.

대정현은 답답했다. 자신이 보았던 마을의 모습이 기억 속에서 점점 커지고 있었다.

밤이 오는 국경의 검문소에는 차가운 바람이 불고 있었다. 날카로운 바람이 얼굴을 지나칠 때마다 거란 병사들은 신경질적으로 얼굴을 찡그렸다. 그것이 검문받는 사람들을 더욱 주눅들게 했다. 그 중에는 하루에도 몇 번씩 국경을 넘나드는 장사치들도 있었지만, 병사들의 표정에는 쉽게 익숙해지지 않았다.

마차가 두 번째 줄의 검문소로 들어서고 있었다. 한참을 지켜본 후에 검문소 중 가장 빨리 통과시키는 곳을 선택한 것이었다.

마차의 구석에 자신의 검을 숨겨놓은 연소하가 말했다.

"여기만 지나면 한시름 놓을 수 있습니다. 하지만 일이 잘못되면 병사들을 베고 돌파할 것입니다."

그녀의 옆쪽으로 검 자루의 끝이 보였다. 대정현은 앞에서 지키고 있는 거란 병사를 향해 천천히 말을 몰았다. 병사가 손을 들어 마차를 세운 후 걸어왔다.

다가오던 병사는 바람이 불자 신경질적으로 얼굴을 찡그렸다.

"어디에서 오는 길인가?"

"이것저것 장사할 물건을 사가지고 돌아가는 길입니다."

대정현은 어느새 국경을 넘나드는 능수능란한 장사꾼이 되어 있었다.

"가는 곳은?"

"장사라는 게 그렇지 않습니까? 물건 팔리는 덴 다 찾아가는 거지요."

웃는 얼굴로 대정현이 주섬주섬 통행증을 꺼내 거란 병사에게 보여주었다. 받아든 통행증을 빤히 바라보던 거란 병사의 미간이 좁아졌다.

"뭐야? 이거 기한이 지난 통행증이잖아."

말과 동시에 거란 병사가 마차 안쪽을 살피기 시작했다. 잠시 당황하던 대정현은 곧 사실을 깨달았다. 괜한 트집을 잡는 중이었다.

병사와 눈이 마주치자 연소하는 조용히 고개를 숙였다. 동시에 그녀는 마차의 구석에 숨겨놓은 검을 잡았다.

"품에 뭐라도 숨겨 놨어? 엉? 왜 그리 움츠리고 있는 거야?"

거란 병사가 그녀의 행동을 놓치지 않았다. 그는 연소하의 품이라도 뒤질 기세였다. 대정현이 빠르게 그녀의 어깨를 안았다.

"제 집사람인데 몸이 좀 안 좋습니다."

고개 숙인 연소하는 아무도 자신의 표정을 보지 못해서 다행이라고 생각했다. 어느 새 자신의 아내를 걱정하는 자상한 남편이 된 대정현의 얼굴에는 걱정과 고통이 드러났다.

"오는 길에 구토만 여덟 번을 해서요. 그것 때문에 통행 기한을 지키지 못했습니다."

조금은 누그러진 기세로 거란 병사가 말했다.

"이 험한 시기에 몸도 안 좋은 계집을 데리고 장사를 하러 다닌다고?"

쉽게 보내주지는 않을 모양이었다. 연소하는 돌파를 결정했다. 구석에 있던 검이 서서히 밖으로 빠져 나왔다. 그때 대정현이 경쾌한 동작으로 마차에서 뛰어내렸다.

"먹고 살려니 어쩔 수가 없지 않습니까? 그래도 좋은 술을 받아와서, 이번 장사는 괜찮을 듯합니다."

그가 마차 뒤에서 한 병의 술을 꺼내 와서는 거란 병사에게 넘겨

주었다. 마치 빌렸던 물건을 되돌려주는 것처럼 자연스러운 동작이었다.

"한번 맛이나 보시지요."

술병을 받아든 거란 병사의 얼굴이 풀렸다.

"흠, 그러니까 이런 때일수록 다들 조심해야 한다는 소리 아닌가?"

그가 부드럽게 손짓했다.

"가보게. 이건 잘 마시겠네."

원했던 목적을 달성한 거란 병사에게서는 자상함이 넘쳐흘렀다. 대정현도 감사의 인사를 보내며 마차를 움직였다. 마차가 검문소를 통과해 서서히 나아갔다.

대정현이 말했다.

"어쨌든 다행이다."

그가 고삐를 손에 쥐었다.

"적어도 그런 옷을 입고 있는 동안은, 너한테 검을 들게 하고 싶지 않았거든."

연소하는 잡고 있던 검을 놓았다. 땅을 구르는 바퀴의 소리와 함께 마차가 빠르게 앞으로 나아갔다.

08
멈추지 않으면 도달한다

대정현은 말의 속도를 늦추며 슬쩍 옆을 보았다. 연소하는 평소와 다름없는 표정으로 마차를 따라 흐르는 풍경을 보고 있는 중이었다.

그녀는 다시 백색의 무복을 입고 있었다. 검문소를 통과한 후에 계속 거란의 옷을 입고 있을 이유는 없었다. 자신도 발해의 마을을 지나면서 한시라도 빨리 옷을 벗고 싶은 심정이었고, 다시 원래의 옷을 입었을 때 가슴 벅찬 해방감을 느꼈다. 그러나 대정현은 백색의 무복으로 갈아입은 그녀를 보자 왠지 모를 허전함이 들었다.

달리는 마차가 가볍게 흔들렸다. 마차는 돌들이 널려 있는 강가로 접어들고 있었다. 햇살이 떨어진 강물에는 수억 개의 빛이 아른거리고 있었다.

대정현은 강가에 마차를 세웠다.

"왜 세우신 겁니까?"

그는 대답하지 않고 마차에서 내렸다.

"저 산만 넘으면 천애곡이 바로 앞입니다."

"기다려. 산에 오르려면 뭐라도 먹어야 할 거 아니야?"

대정현은 강가의 돌들을 하나씩 살펴보더니 넙적한 몇 개의 돌을 모아 화로의 형태를 만들었다. 그리고 연소하가 마차에서 내렸을 때는 이미 바지를 걷어붙인 채 강으로 들어가고 있었다.

연소하는 그가 하는 모습을 지켜보기로 했다. 강물에 종아리를 담근 대정현이 미동도 없이 서 있었다. 어느 한순간 대정현의 두 손이 강물을 찔렀다.

그리고 힘차게 뛰는 물고기를 건져 올렸다. 강가에 있는 연소하를 향해 그것을 들어올렸을 때 햇살이 그의 머리와 어깨로도 떨어졌다.

얼마 후 대정현은 대여섯 마리의 물고기를 잡아와 나무 꼬챙이에 끼운 후 굽기 시작했다. 연소하는 강을 돌아보았다. 햇살 받은 오후의 강은 그녀의 마음에 휴식을 주었다.

연소하는 산을 넘기 전에 식사를 하는 것도 나쁘지 않겠다고 생각했다. 물론 이제 와서 대정현을 말릴 수도 없었다. 그는 이미 불을 피워놓고 입으로 열심히 바람을 불고 있었다.

결국 연소하는 대정현의 맞은편에 앉아 그가 하는 것을 보기로 했다. 생선의 표면이 노릇해지며 연기를 피워 올렸다. 대정현이 그것을 뒤집으며 다시 연소하를 보았다.

그 순간 그의 눈동자가 커졌다.

세워 놓았던 마차가 굉음과 함께 산산조각이 났다. 울부짖는 말의 소리와 함께 마차를 꿰뚫은 흑색의 화살이 강가에 떨어지며 물보라를 일으켰다.

반대편 언덕에서 단양수가 화살을 장전하고 있었다. 연소하는 앞에 보이는 커다란 바위를 향해 대정현을 이끌고 달렸다. 다시 화살이 날아오며 대지를 꿰뚫었다. 놀란 말이 소리를 치며 마차의 잔해를 끌고 달려갔다.

단양수의 옆에서 매영옥은 확신의 미소를 지었다. 척살단주는 확실한 결과를 위해 그녀에게 단양수를 붙여 주었다. 아무래도 좋았다. 그녀는 자신이 사용할 수 있는 모든 방법을 동원하기로 했다. 이제 누가 최고인지는 중요하지 않았다. 하나가 죽으면 다른 하나는 자연스럽게 최고로 평가받게 될 수밖에 없다.

화살이 연속으로 날아갔다. 자갈이 부서지며 돌조각이 사방으로 날렸다.

연소하는 대정현과 함께 계속해서 달렸다. 그들을 겨냥한 화살이 강물에 꽂히며 물보라를 피워 올렸다. 두 사람이 마침내 바위 안쪽으로 몸을 던졌다. 동시에 화살의 공격이 멎었다.

연소하가 말했다.

"숲으로 달려야 합니다."

대정현이 하류에 연결되어 있는 숲을 보았다. 하지만 자신들이 있는 바위는 홀로 강가에 붙어 있었다. 숲으로 달려가는 동안 화살의 목표가 될 것이다.

"제가 막을 것입니다. 전하는 뒤를 돌아보지 말고 달리십시오."

말과 동시에 연소하가 일어섰다. 생각할 시간이 없었다. 대정현은 숲을 향해 달려 나갔다. 뒤쪽에서 요란한 쇳소리와 함께 화살이 바닥을 치고 튕겨 나가는 소리가 들렸다. 달리면서 대정현이 돌아봤다.

자신과 단양수 사이에 연소하가 서 있었다. 그녀는 자신의 검으로 화살을 막기로 한 것이었다. 다시 화살이 날아왔다. 연소하가 몸을 회전시켜 화살을 튕겨내고 그 충격으로 바닥에 무릎을 꿇었다. 화살이 강으로 튀어나가며 다시 물길이 치솟았다.

대정현은 달려야 했다. 자신이 빨리 숲으로 들어가지 못하면 그녀는 저렇게 화살을 막다가 당하고 말지도 모른다. 아무리 고수라도 빈 몸으로 막을 수 있는 화살이 아니었다. 결국 다음 번, 아니면 그 다음 번 화살이 그녀의 몸을 꿰뚫을 것이라는 생각에 마음이 다급해졌다. 또다시 화살이 튕겨나가는 소리가 징소리처럼 울렸다. 연소하가 위험하다. 그 생각이 머리를 지나는 순간 그는 전력을 다해 숲 속으로 뛰어들었다.

그가 숲에 도착한 것을 확인한 연소하도 달리기 시작했다. 뒤에서 화살이 날아왔지만, 그녀는 그것을 피해 숲 속으로 갈 수 있었다.

매영옥은 당황했다. 연소하가 화살을 정면으로 막아설 줄은 생각도 하지 못했다. 물론 그들이 도주할 가능성을 생각하고 대비를 했지만 이런 방식이 될 줄은 몰랐다. 매영옥은 단양수에게 눈짓을 한 후 숲 속을 향해 달리기 시작했다.

장전된 채 발사되지 못한 화살을 다시 등 뒤에 꽂은 단양수도 숲 속을 향해 천천히 걸어 내려갔다.

숲으로 달려간 대정현을 향해 검이 날아왔다. 바닥에 뒹굴며 그것을 피했지만 척살단원들은 다시 그를 향해 육박해 왔다. 맞서 싸우고 싶었지만 그의 손에는 아무것도 없었다. 재빨리 주위를 보자 바닥에 떨어진 굵은 나뭇가지가 보였다. 대정현이 그것을 줍기 위해 움직이는 순간 척살단원 중 하나가 그의 목을 노리며 검을 찔러왔다.

그러나 그 척살단원은 피를 뿜으며 쓰러졌다. 어느 새 달려와 검을 휘두른 연소하가 대정현의 앞을 막으며 척살단과 대치했다.

"어디 다치신 데는 없습니까?"

대정현이 대답하기도 전에 척살단이 다시 공격해 왔다.

"전하. 가십시오. 제가 막겠습니다."

말과 동시에 연소하가 척살단을 밀어붙이며 그가 움직일 공간을 확보했다. 대정현은 재빨리 쓰러진 척살단의 검을 주워들었다.

연소하는 그가 자신과 같이 싸우려고 한다는 것을 알았다. 그러나 지금은 그럴 때가 아니었다. 천애곡이 바로 앞이었다. 어서 떠나라는 말을 하려는 순간 나무에서 두 개의 쌍검이 쏟아져 내려왔다.

연소하는 검을 방어하며 뒤로 물러섰다. 그 틈을 놓치지 않고 매영옥이 연속적으로 검을 휘둘렀다. 어느 누구도 두 사람의 공간으로 들어갈 수 없는 매서운 공격이었다.

척살단은 빠르게 공격 목표를 바꿨다. 그러나 그들이 시선을 돌렸을 때는 대정현이 오히려 자신들을 향해 달려오고 있었다.

대정현이 특별히 척살단을 공격하려고 했던 것은 아니었다. 단지 연소하를 향해 가는 길에 그들이 있었을 뿐이다. 척살단들이 격렬하게 반격해 왔다. 대정현이 그들과 맞서 갔지만 그의 검법은 여럿과 싸울 수 있는 것이 아니었다. 간신히 그들의 공격을 막아내는 수준에 그치고 있었다.

하지만 그 수준은 연소하에게 도움이 되었다. 대정현이 척살단과 맞서는 모습을 보며 그녀는 평정을 되찾았다.

연소하는 상대인 매영옥에게 집중했다. 이미 지난 번의 경험을 통해 쌍검이 만들어 내는 간격을 파악하고 있었다. 연소하는 쌍검 중 왼쪽을 노리며 움직여 갔다. 빈틈을 노리고 들어온 공격에 매영옥이 결국 왼쪽 검을 놓쳤다.

연소하는 다시 매영옥의 오른쪽에 집중했다. 정교하게 맞물려 들어오던 쌍검의 한축이 붕괴되었기에 쉽게 마무리를 지을 수 있을 것 같았다.

그때 매영옥의 왼팔에서 암기가 날아왔다. 비침 형태의 암기가 연소하에게 꽂혔다. 그녀는 주저앉으며 자신의 몸을 보았다. 비침을 맞은 옆구리에서 피가 흐르고 있었다.

매영옥은 미소를 지었다. 어차피 암기든 무엇이든 이기는 자가 강한 자였다. 살아남은 자는 최고가 되고 죽은 자는 그저 시체가 될 뿐이었다. 매영옥이 다시 왼쪽 팔목에 찬 암기 발사 장치를 들어올렸다.

연소하는 비침을 뽑아 버리는 동시에 주저앉았던 탄력을 이용해 매영옥을 향해 쏘아져 나갔다. 매영옥의 암기가 허공을 가르자 연소하의 검이 상대의 복부를 베었다. 주춤 물러서는 매영옥을 향해 연소하의 검이 다시 겨누어졌다.

그 순간에 화살이 날아왔다. 연소하가 몸을 날리는 것과 뒤쪽의 나무가 부서지는 것은 거의 동시였다. 단양수가 걸어오고 있었다. 그는 서두르지 않았다. 천천히 걸어오며 화살을 발사했다.

방향이 미묘했다. 연소하가 돌아보자 매영옥이 날아오는 화살을 잡으며 뒤쪽으로 날아갔다. 방금 전의 공격은 매영옥을 사냥터에 빼내기 위한 것이었다.

뒤로 날아간 매영옥이 바닥에 착지했다. 그녀의 배는 붉게 물들어 있었다. 빨리 응급 조치를 취해야 했다. 뒤에 남은 단양수를 믿으며 그녀는 그 자리를 빠져 나왔다.

단양수가 다시 화살을 장전하기 위해 등에서 화살을 꺼냈다. 연소하는 빠르게 척살단의 사이로 들어갔다. 대정현의 완강한 저항 때문에 당황하던 척살단이 그녀의 갑작스러운 공격에 연달아 쓰러졌다.

다시 화살이 연속으로 쏟아져왔다. 연소하가 대정현과 함께 그것을 피하자 남아 있던 두 명의 척살단원이 희생자가 되었다. 그들이 지르는 비명이 숲 속에 울려 퍼졌다.

이제 단양수의 시야에는 두 사람밖에 보이지 않았다. 그는 서둘지 않고 화살을 장전한 채 천천히 그들을 향해 걷기 시작했다.

"제가 앞으로 뛰어나가겠습니다. 전하는 동시에 산으로 달리십시오."

"미끼가 되겠다는 거냐?"

"거리만 좁히면 충분히 제압할 수 있습니다. 전하가 계시면 제가 전적으로 공격에 치중할 수 없습니다."

"방해가 된다?"

질문을 듣지도 않고 연소하는 단양수를 향해 쏟아져 나갔다. 그 순간 단양수의 화살이 그녀의 정면으로 날아왔다. 그녀가 다시 화살을 튕겨냈다. 화살의 충격과 옆구리의 고통이 동시에 다가왔다. 연소하는 바닥에 주저앉았다.

단양수가 다시 자신을 겨냥하는 모습이 보였다. 막아야 했다. 그 순간 단양수가 두 명이 되었다. 그리고 발사된 화살은 세 개가 되었다. 막아야 한다고 생각했지만 연소하는 아무것도 할 수 없었다.

날카로운 쇳소리와 함께 자신에게 날아오던 화살이 튕겨나가며 나무에 꽂혔다. 동시에 반대 방향으로 대정현이 날아갔다.

그녀에게 날아오던 화살을 그가 달려와 막은 것이었다. 나무에 부딪힌 대정현이 고통스런 표정을 지었다. 그가 어떻게 막아냈는지 생각할 때가 아니었다. 다시 화살이 날아온다면 그는 죽은 목숨이었다.

연소하는 화살이 날아온 방향을 향해 달리기 시작했다. 단양수는 우선 나무에 처박힌 왕자의 숨통을 먼저 끊을 생각이었다. 그런데 연소하가 달려오고 있었다. 겨냥하던 방향이 급격하게 변경되고 새로운 목표를 향해 화살이 발사되었다.

연소하는 날아오는 화살을 피했다. 피하는 것은 막는 것보다 훨씬 쉬웠다. 하지만 다가갈수록 피할 수 있는 시간이 줄어들었다. 날아온 화살이 그녀의 눈 옆으로 지나갔다.

단 일격에 끝내야 했다.

연소하가 도약을 했다. 그녀가 높은 나무의 굵은 가지를 밟는 순간 단양수의 화살이 공중으로 겨누어졌다. 그녀가 단양수를 향해 쏘아져 내려갔다. 화살이 발사되었고 내려오던 연소하는 회전을 했다. 화살이 일으키는 바람이 그녀의 뺨을 스치고 지나갔다. 동시에 그녀는 단양수를 지나며 착지했다.

반으로 갈라진 철궁이 요란한 소리와 함께 떨어졌다. 단양수의 거대한 몸이 피를 뿜으며 넘어가기 시작했다.

그녀는 결과를 확인하지 않고 대정현을 향해 달려갔다.

"전하. 괜찮으십니까?"

몸을 일으킨 대정현의 눈은 쓰러진 단양수를 향하고 있었다. 놀람이 가득한 그의 얼굴에 서서히 미소가 돌아왔다. 그가 연소하를 향해 싱긋 웃었다.

"당연하지. 난 끄떡없어. 그런데 너 어떻게 저런 놈을……."

"어서 가셔야 합니다."

연소하의 목소리에는 냉기가 스며 있었다. 뭔가 말을 하려던 대정현이 그녀의 표정을 보고 입을 다물었다. 연소하는 아무 말없이 앞서 걸어 나갔다. 이유를 알 수 없었다. 대정현은 조심스럽게 그녀의 눈치를 보며 뒤를 따르기 시작했다.

그녀는 여전히 말이 없었다. 평소에도 말이 많은 것은 아니었지만 지금과 같았던 적은 없다. 산길을 걸어가며 대정현은 확신할 수 있었다. 그녀는 역시 자신에게 화를 내고 있는 듯했다. 다만 이유를 알 수 없었다.

"너 왜 그래?"

그녀는 말이 없었다.

"매번 도움만 받다가 나도 네 목숨 한번 구하려고 했는데, 칭찬은 커녕 성난 얼굴만 보게 되니……."

연소하가 멈추어 섰다.

"칭찬이라고 하셨습니까? 전하는 방금 죽을 뻔하셨습니다."

그녀의 목소리가 점점 높아졌다.

"전하는 왕이 되실 분입니다. 왕의 목숨은 혼자만의 목숨이 아닙

니다. 그런 무모한 행동은 더 많은 사람들의 죽음을 불러올 뿐입니
다.”

결국 이유는 명확했고, 그녀는 한결 같았다. 자신이 어떤 생각으
로 달려들었는지, 지금 무슨 기분을 느끼고 있는지, 그녀는 관심이
없는 듯했다. 모든 것은 그녀에게 임무일 뿐이었다.

자신을 데려가 어떻게든 왕을 만드는 것 외에 다른 것은 전혀 생
각을 하고 있지 않았다. 아마도 죽은 대수현 형님이 이루지 못한 것
을 이어받게 하려는 거겠지. 대정현은 확신했다. 그녀는 언제나 하
사받은 검을 소중하게 다루고 있었다.

“설마 잊은 건 아니겠지?”

그의 얼굴에 냉소가 흘렀다.

“내가 가는 건 저기 어머님 묘소가 있기 때문이야. 왕 같은 건 관
심도 없어.”

연소하를 뒤에 두고 그가 건들거리며 걸어가기 시작했다.

“깨끗한 솜씨다. 도약을 한 후에 베었어.”

단 일격이었다. 검상이 모든 것을 말해주고 있었다. 단양수의 시
체를 살피던 군화평은 다시 주변을 돌아보았다.

매영옥의 시선도 그를 따랐다. 앞에 있는 척살단주에게 자세한 설
명을 할 필요는 없었다. 그는 모든 것을 정확하게 파악해 가고 있었
다.

단양수의 검상과 주변 지형이 결합되며 군화평의 머릿속에서 완
전한 현장의 모습이 재현되었다. 단양수가 화살을 장전하거나 다른

무기를 꺼내기 전에 공중에서 내려오는 힘을 이용해 단칼 승부를 걸었던 게 분명했다. 철궁이 날아오는 순간에 합리적으로 생각해서 그런 판단을 내릴 수는 없다. 본능적으로 가장 효과적인 공격로를 찾아냈다고 봐야 했다.

그는 자신의 생각보다 그녀가 훨씬 뛰어난 고수라는 것을 인정했다. 그녀를 죽이지 않은 것이 자꾸 일을 크게 만들고 있었다. 왕자를 죽이기 위해서는 연소하를 먼저 죽였어야 했다.

다시 척살단주의 눈이 시신을 향했다.

단양수는 언제나 자신의 군대와 함께 있었지만 군적에는 올라 있지 않았다. 누구보다도 혁혁한 전과를 세웠지만, 어떠한 상도 주어지지 않았다. 자신이 반역죄로 체포되었을 때 그를 구하러 온 것도 단양수였다. 그는 자신을 호위하기 위해 가문에서 보내진 무사였다.

하지만 그의 죽음도 역시 자신의 일상을 형성하고 있는 수많은 것들 중 하나였다. 어떤 죽음도 이제는 고통을 줄 수 없었다. 가족 모두가 몰살당했을 때, 그의 내부에서는 죽음이 죽었다.

지금 깊은 생각을 하는 것은 전력의 손실이 너무 크기 때문이었다.

"시간을 두고 사냥해서 잡을 수도 있었다. 그렇게까지 연소하를 이기고 싶었나?"

매영옥이 대답했다.

"언제나 궁금했습니다. 누가 발해 최고의 여무사인지. 단주님 역시 저보다도 연소하의 이름을 먼저 언급하곤 하셨지요. 그때마다 연소하를 죽이고 싶다고 생각했습니다."

군화평이 천천히 일어나 그녀를 돌아보았다. 나뭇잎 사이로 떨어진 오후의 햇살이 시야를 어지럽혔다. 그 빛과 그림자의 혼재 속에서 그녀의 질투심이 꿈틀대고 있었다.

"발해는 더 이상 우리가 충성을 바치는 곳이 아니다. 그곳의 최고가 무슨 의미가 있는가?"

매영옥은 대답하지 않았다.

"나라를 바꾼 것을 후회하는가?"

"저 매영옥, 나라는 상관없습니다. 오로지 단주님을 따를 뿐입니다. 장군님이었을 때나 단주님이었을 때나 저에겐 오직 같은 분이십니다."

척살단주가 되어 돌아온 군화평에게 그녀가 처음 했던 말이었다.

군화평은 그녀가 원하는 것이 무엇인지 잘 알고 있었고 그것을 줄 수도 있었지만 먼저 해야 할 일이 있었다. 자신을 붙잡고 울부짖는 가족들의 혼백을 위로해야 했다. 아니 죽음도 잊어버린 그의 마음이 아무것도 허락하지 않고 있었다.

"조금만 기다려라. 마지막 남은 왕자 놈만 처리하면 나의 꿈은 현실이 된다. 거란을 등에 업고 발해의 땅에 나의 왕조를 세우는 일."

새로운 왕조에게는 제물이 필요했다. 마지막 걸림돌이자 제물인 대정현은 아직 멀리 가지 못했으리라는 생각이 들었다. 군화평이 산을 향해 걸음을 옮기자 주변에서 대기하던 척살단도 바쁘게 움직였다.

매영옥은 걸어가는 척살단주의 뒷모습을 보았다. 그의 등에 두 자루의 검이 매달려 있었다. 그가 새롭게 가져온 또 하나의 검이 천에 곱게 쌓여 있었다.

그녀는 알고 있었다. 척살단주는 의식을 치를 계획이었다.

그리고 그것은 대씨 왕조의 마지막을 장식하는 의식이 될 것이다.

점점 해가 기울어 가고 있었다. 나뭇잎을 밟는 발자국 소리와 입에서 품어내는 숨소리만이 들렸다.

대정현은 거칠게 숨을 몰아쉬며 앞서 나갔다. 힘들었지만 지금은 아무 말도 하고 싶지 않았다. 쉬고 싶지도 않았다. 움직이지 않고는 견딜 수 없었다.

점점 숨소리가 커졌다. 그것은 자신의 숨소리가 아니었다. 뒤에서 그녀가 거칠게 호흡을 내뿜고 있었다. 연소하는 한 번도 지친 기색을 보인 적이 없었고 힘들어도 내색을 하지 않았다. 대정현이 그녀를 돌아보았다.

"조금만 더 가시면 됩니다."

연소하의 얼굴에 땀방울이 맺혀 있었다.

"발해에서 보내진 사람이 기다리고 있을 것입니다."

말을 마친 그녀가 길 옆의 나무를 손으로 짚었다.

"왜 그래? 몸이 안 좋아 보인다."

"괜찮습니다."

걷기 시작한 연소하가 곧 다시 나무에 의지했다. 대정현이 그녀에게 다가와 손을 내밀었다.

"잡아라."

연소하는 그를 보았다.

"쉬자고 해봐야 들을 너도 아니고…… 그냥 두고 보기도 힘드니,
내 어깨를 빌려줘야 할 것 같다."

"전하를 보호하진 못할 망정 짐이 될 순 없습니다."

손을 내리며 대정현이 한숨을 쉬었다.

"넌 왕의 목숨은 혼자만의 것이 아니라고 했다. 자신을 보호하려
는 신하가 죽어 가는 데도 도망쳐야 하는 거라고 말했다."

대정현의 목소리는 낮았다.

"만에 하나 내가 발해의 왕이라고 치자. 넌 지금 자신의 신하가 죽
어 가는 데도 자기 한 목숨만을 생각하는 왕이 되라고 말하고 있다.
너는 그런 왕을 원하는 거냐?"

연소하의 눈에 다시 그의 손이 보였다.

"잡아라. 아니면, 그렇게 힘겹게 가는 널 보느니 난 산을 내려가겠
다."

그의 눈에는 확고한 의지가 자리잡고 있었고, 목소리에는 거부할
수 없는 무엇인가가 있었다. 연소하는 천천히 팔을 들어 대정현의
손을 잡았다. 대정현이 그녀의 손을 잡아당겨 자신의 어깨 위로 올
렸다.

다시 걸어가며 그가 말했다.

"그렇다고 오해는 하지 마. 왕이 되겠다는 말이 아니니까."

조천수는 쌓아놓은 장작더미를 바라보았다. 과연 자신의 앞에 있
는 것을 사용하게 될지 의문이 생겼다. 연소하를 혼자 보낸 것이 잘
못된 것인지도 몰랐다. 역시 언제 올지 모르는 사람을 기다리는 것

은 괴로운 일이다. 끊임없이 머릿속에서 떠오르는 온갖 상념과 싸워야 하기 때문이다. 조천수는 한숨을 쉬었다.

그때 갑자기 인기척이 들리는 듯했다. 조천수가 고개를 돌리자 멀리서 두 명의 그림자가 보였다. 점점 가까이 다가올 수록 모습이 분명해졌다. 연소하가 어떤 남자의 어깨에 몸을 기대고 걸어오고 있었다. 그 남자가 누구인지 조천수는 알 수 있었다.

모두가 기다리던 사람이었다.

흐릿한 연소하의 시선 속으로 달려오는 조천수의 모습이 보였다.

그녀는 미소를 지었다. 마침내 도착한 것이다.

"손을 놓아 주십시오. 예를 받으셔야 합니다."

잠시 망설이던 대정현이 손을 놓았다. 그녀가 힘겹게 뒤로 물러서는 것과 동시에 조천수가 무릎을 꿇으며 예를 갖추었다.

"임선지 장군 휘하의 조천수가 대정현 왕자 전하를 뵈옵니다!"

떨리는 목소리에는 기쁨이 넘쳐흘렀다. 대정현은 뭐라고 해야 하는지 알 수 없었다. 예법을 기억하기에 14년은 너무 길었고, 예법대로 행동해야 하는지도 의문스러웠다.

조천수는 대정현을 보며 과거의 얼굴을 겹쳐 보고 있었다. 거칠지만 변함없이 성장한 금휘 장군이 거기에 있었다. 일단 무엇을 말해야 하나 고민하던 그의 눈에 연소하가 들어왔다.

"소, 소하야. 너, 무슨 일이 있었던 거냐?"

"아저씨……."

힘없는 목소리에 조천수의 얼굴이 어두워졌다.

"그래. 말하거라."

“전하를……..”

힘겨운 호흡이었다.

“전하를 부탁드립니다.”

그리고 연소하가 바닥에 무너져내렸다.

“소하야!”

외침을 들으며 대정현이 쓰러지는 연소하를 안았다. 의식을 잃은
그녀의 얼굴 위로 검은 그림자가 드리워져 있었다.

09

천애곡에 밤이 흐르면

대정현은 가만히 있지 못했다. 자신의 행동이 방해가 될 것이라는 것도 알고 있었지만 어쩔 수가 없었다. 그의 다리는 그의 통제를 벗어나 막사 안을 이리저리 움직이고 있었다.

조천수는 미동도 없이 침상 앞에 앉아 있었다. 막사 가운데 매달아 놓은 호롱불을 등지고 있는 그의 얼굴은 어두웠다.

그는 침상에 눕혀져 있는 연소하의 맥을 잡은 채 신경을 집중하고 있었다. 잠시 후 조천수가 그녀의 옆구리를 보았다. 그의 얼굴이 더욱 어두워졌다.

대정현은 더 이상 참을 수 없었다.

"어떻게 된 거요? 무슨 병이오? 심각하오?"

조천수는 쉽게 대답하지 않았다. 그가 옆 탁자에서 침통을 꺼내며 말했다.

"조금 더 살펴봐야 할 것 같습니다.

물어보지 않은 것만 못했다. 조천수는 침을 꺼내 소하의 팔에 두

개를 꽂은 후 옆구리에 은침을 대어 그녀의 피를 확인했다.

연소하의 상태를 확인하던 그가 탄식을 했다.

"허어…… 이걸 어찌 참았을꼬?"

대정현이 빠르게 다가왔다.

"어떻게 된 일인지 알아내셨소?"

"은잠사독을 몸에 맞았는데 치료할 시기를 놓친 것 같습니다."

다시 침을 꽂으며 조천수가 말했다.

"참으로 힘들었을 것입니다. 은잠사독은 아주 느리게 전신의 혈맥을 타고 돌기에 지독한 고통이 따르게 됩니다."

대정현은 연소하의 옆구리에 있는 상처에 눈길이 갔다. 매영옥에게 맞은 비침에 독이 발라져 있었던 모양이다. 그녀는 언제 그것을 알았을까. 지금 조천수는 치료할 시기를 놓쳤다고 했다. 그럼 이제 일어나지 못한단 말인가. 연소하는 자신이 서둘러 움직였기 때문에 그냥 따라온 것일까. 그녀는 정말 자신의 상태를 몰랐을까. 수많은 생각들이 대정현의 머릿속을 어지럽혔다.

조천수가 말했다.

"일단 독을 한 곳으로 몰아내어 빼야 합니다."

대정현은 더 이상 막사 안에 있을 수 없었다.

밖으로 나온 그는 주변을 돌아보았다. 자신이 나온 막사 옆으로 작은 막사가 있었고, 그 뒤로 탑처럼 높이 쌓아놓은 장작더미가 보였다. 특별히 갈 곳도 없었고 갈 마음도 생기지 않았다. 대정현은 자신이 나온 막사로 돌아가 그 앞에 앉았다.

조천수가 다급하게 밖으로 나와 작은 막사에서 물과 약재를 가지고 돌아왔다.

대정현이 자리에서 일어났다.

"어떻소?"

"오늘 밤이 고비입니다."

대정현의 상태도 좋아 보이지 않았다.

"전하. 잠시라도 쉬시지요. 저 옆의 막사로 가시면 됩니다."

"아니오. 그냥 이곳에 있겠소. 결과가 나오면 알려주시오."

대정현은 다시 막사에 기대며 자리에 앉았다. 말을 한다고 들을 것 같지 않았다. 조천수는 물과 약재를 가지고 다시 막사 안으로 들어갔다.

대정현이 고개를 들어 하늘을 보았다. 별이 보이지 않았다.

풀벌레도 울지 않았고 발자국 소리도 들리지 않았다. 어둠으로 가득 찬 산길을 어둠의 일부가 된 척살단원들이 걷고 있었다.

밤의 추적은 어렵다. 만일 불을 켜게 되면 상대는 멀리서도 자신들을 알아보고 도주하게 된다. 그들은 횃불을 들지 않고 달빛만을 의지해 걸어 나갔다. 도망치는 자는 소리에도 민감하다. 소리가 나서도 안되었다. 빛과 소리를 죽인 척살단은 그렇게 유령처럼 척살 대상을 추적하고 있었다.

척살단의 선두에서 군화평이 멈춰 섰다. 그는 달빛을 받고 있는 커다란 잎사귀 하나를 내려다보았다. 작은 핏방울이 떨어져 말라붙어 있었다. 이곳까지 오는 동안 가끔 이런 것을 발견할 수 있었다. 가끔이라는 것은 출혈이 그리 많지 않다는 것을 의미했다.

한편으론 연소하 정도의 고수가 이런 흔적을 남길 정도라면 그녀
의 상태가 심상치 않다는 것을 말하는 것이기도 했다.

"연소하를 찾기만 하면 죽일 수 있습니다."

매영옥이 뒤에서 말했다.

"아직도 포기하지 못한 거냐?"

"은잠사독을 맞았습니다."

군화평의 시선이 천천히 그녀를 향했다.

"연소하의 몸에는 지금 은잠사독이 퍼지고 있을 것입니다."

매영옥의 입가에 나타난 것은 승리자의 미소였다. 군화평은 모든
것을 짐작할 수 있었다. 그녀는 최고가 되기보다는 승리자가 되기를
원하고 있었다.

아무래도 좋았다. 이제 자신의 사냥을 막을 수 있는 것은 아무것
도 없었다. 오늘이 바로 발해 왕조의 마지막이 되는 날이었다.

그때 모든 척살단원들이 동시에 검을 잡았다. 앞쪽에서 들려온 인
기척이 점점 가까이 다가오고 있었다. 그리고 숲에서 전령이 뛰어나
왔다. 산 아래에 설치한 척살단의 진지를 맡고 있는 전령이었다.

"단주님!"

전령이 무릎을 꿇었다.

"야율 어르신의 명으로 단주님을 찾고 있었습니다!"

내용은 짐작할 수 있었다. 야율철라는 계속해서 척살단주의 복귀
를 명령해 왔다. 그러나 군화평은 돌아갈 수 없었다. 그는 대씨 왕조
의 마지막을 장식할 화려한 의식을 앞두고 있었다.

매영옥이 먼저 역정을 내었다.

"단주님과는 연락이 안 된다고 말하라지 않았더냐!"

"그게……."

전령이 당혹스런 얼굴로 말했다.

"지금 어르신께서 산 아래에 와 계십니다."

척살단이 진지를 설치한 곳은 유서 깊은 장원이었다. 3대에 걸쳐 발해의 신료를 배출한 가문의 장원답게 기품이 넘치는 풍광을 자랑하고 있었다.

군화평은 도착하자마자 주인이 누구인가도 확인하지 않고 장원을 징발했다. 상대는 아무 소리도 못하고 장원을 내주었다. 과거라면 명문가의 장원을 그런 식으로 요구할 수는 없었다.

그러나 이제 이곳은 동란국의 영토였고, 영토 내에 있는 것은 전부 동란국의 것이었다. 모든 것은 승자의 차지가 된다. 그것만이 진실이었다.

척살단주의 귀환을 보고 받은 야율철라가 호위무사를 데리고 걸어왔다. 그의 눈에 먼저 들어온 것은 척살단의 부단주였다.

"못 본 사이에 더 예뻐졌구나. 영옥."

매영옥은 조용히 고개를 숙였다. 그녀를 바라보며 야율철라의 얼굴에 떠올랐던 웃음은 척살단주에게 시선을 옮겨가며 사라졌다.

"왜 명령을 따르지 않았나?"

"연락을 받지 못했습니다."

사실이 아니라는 것쯤은 야율철라도 알고 있었다. 척살단주는 자신의 명을 따랐어야 했다. 주변의 상황이 급격하게 변하고 있었다.

"왕자를 보호하려고 이곳을 향해 임선지가 출발했다는 첩보가 들어왔네. 자신의 군사들을 이끌고 말일세. 무슨 말인지 알겠나?"

발해의 정규군이 오고 있었다.

"그들이 오기 전에 끝내겠습니다."

"조정에서는 좀 더 확실한 방법을 원하고 있어."

불길한 예감이 들었다.

"그들에 맞서 금사궁대가 이곳으로 보내졌네. 왕자는 그들이 잡을 걸세. 척살단은 모두 손을 떼고 다음 명을 기다리도록 하게."

"하지만……."

"조정의 명이다! 조정의 뜻에 거스를 셈인가?"

야율철라가 버럭 소리를 질렀다. 척살단에게 이제 더 이상 기회가 없다는 것을 확실하게 보여주어야 했다.

그가 차가운 바람을 일으키며 돌아섰다. 하지만 군화평은 움직일 수도 없었고 말도 할 수 없었다. 그의 마음 속에서 죽은 자들이 살아났다. 아버지와 어머니가 울부짖었고 가족들이 비명을 질렀다.

야율철라의 호출은 그녀를 당혹스럽게 했다.

한 번도 따로 부른 적이 없었기에 무엇을 이야기하려는지 짐작조차 되지 않았다. 그러나 거절할 수는 없었다. 매영옥은 그의 방에 앉아 그가 이유를 알려주기를 기다렸다.

하지만 야율철라는 자신의 단검을 닦는 일에만 집중하고 있었다. 보석이 잔뜩 박힌 그런 검은 실전에 사용할 수 없다. 매영옥은 그렇게 생각했다. 보석 사이로 흘러들어간 피를 닦아낼 수가 없기 때문이다.

그러나 야율철라는 만족한 모습으로 정성스럽게 하나하나의 보석을 닦고 있었다. 그가 무심하게 입을 열었다.

"널 보자고 한 건 군화평 때문이다. 이번 일은 척살단이 해결했어야 하는데, 이미 금사궁대가 파견됐으니……."

걱정스런 말투였다.

"이대로 금사궁대에게 공을 빼앗긴다면 군화평과 약조한 앞날은 장담할 수가 없어. 알다시피 군화평은 조정의 신뢰를 잃어가고 있으니……."

정확하게는 조정의 화친론자들이었다. 왕자를 포섭해 발해를 흡수해야 한다고 말하는 자들이 조정을 장악하고 있었다. 그들은 척살단주를 믿지 않았다.

화친론자들이 힘을 얻은 것은 거란 본국 때문이었다. 본국의 요구가 점점 무례해지고 있었다. 빨리 발해 전체의 힘을 손에 넣어야 했다. 이름뿐인 지배는 소용없었다. 그리고 가장 빠르게 발해를 장악하는 방법은 기존 왕조의 도움을 얻는 것이라고 생각했다.

"허어, 이 모든 일은 척살단이 마무리했으면 좋았을 것을……."

야율철라의 목소리에는 의식적인 안타까움이 담겨 있었다. 어쩌면 아직 기회가 있을지도 모른다고 매영옥은 생각했다.

"어르신, 저희를 보내 주십시요! 저희가 반드시 해결하겠습니다!"

"나도 그러고 싶지만, 이미 명을 받았으니 어쩌겠나?"

그가 힐끗 매영옥을 보았다.

"하지만 찾아보면 방법이 있을 수도 있지 않을까?"

"방법이 있습니까?"

그녀의 다급한 목소리에 야율철라의 입 꼬리가 올라갔다. 그는 자신의 검을 들어 매영옥의 목을 겨누었다.

"목숨이라도 주겠느냐?"

"물론입니다."

야율철라의 검이 서서히 매영옥의 어깨 쪽으로 움직여갔다.

"그런 각오라면 찾을 수 있을 게다."

옷이 끊어지고 그녀의 맨 어깨가 드러났다. 다시 천천히 검이 움직여 가며 옷을 끌어내렸다. 쇠의 차가움과 날의 예리함이 그녀의 피부 위에 소름을 일으켰다.

검이 다시 탁자 위에 놓이며 야율철라가 일어섰다. 그는 매영옥의 뒤편으로 걸어갔다.

"길이 있다면 가야 하고, 방법이 있다면 찾아야겠지. 안 그런가?"

발소리가 매영옥의 등 뒤로 다가오고 있었다. 그러나 그녀는 움직일 수가 없었다.

등 뒤로 야율철라가 다가와 속삭였다. 그의 입이 뜨거운 김을 뿜는 것과 동시에 목소리가 귓속으로 끈적끈적하게 스며들었다.

"어찌 됐든 선택은 네가 하는 거다. 영옥."

야율철라의 혀가 천천히 매영옥의 목덜미를 핥기 시작했다.

아침이 왔다. 새들이 지저귀는 소리와 함께 햇살이 막사 주변을 감싸고 있었다. 그러나 대정현에게는 밤과 다르지 않았다. 아직 연소하는 깨어나지 않았고 막사 주변에는 아무런 움직임도 없었다.

막사에 등을 기대고 대정현은 하늘을 올려다보았다. 멀리서 짙은 회색의 구름이 몰려오고 있었다. 오늘은 아무래도 날씨가 흐릴 모양이었다.

막사 안에서 부스럭거리는 소리와 도구들을 정리하는 소리가 들려왔다. 조천수가 막사 휘장을 열어젖히고 나왔다.

대정현이 다급하게 일어섰다.

"어떻게 되었소?"

"고비를 넘겼습니다. 얼마 지나지 않아 깨어날 것입니다."

조천수가 잔뜩 기쁨을 머금은 얼굴로 대답했다. 대정현이 빠르게 막사 안의 휘장을 걷어보았다. 밤에는 들어갈 용기가 나지 않던 막사 안이었다.

연소하는 그저 잠을 자고 있는 것처럼 보였다. 좋은 꿈을 꾸는 듯한 편안한 얼굴이었다. 그제야 대정현의 얼굴에도 조천수와 똑같은 표정이 퍼져 나갔다.

"이제, 어머님을 뵈러 가셔야지요."

조천수가 미소를 지우지 않은 채 말했다.

"묘소는 제가 오시기 전에 모두 손질해 놨습니다."

대정현은 망설였다. 그녀를 두고 가도 되는 것인지 몰랐다.

"소하는 걱정 안 하셔도 됩니다. 하지만 깨어나면 바로 길을 떠나야 할 것입니다. 그 전에 다녀오시지요."

대정현은 다시 길을 가야 한다는 말에 아무런 말도 하지 않았다.

"소하는 자기 때문에 여정이 늦어지는 것을 원치 않을 것입니다."

그는 다시 잠들어 있는 그녀를 보았다.

"하긴, 저 성격이야 나도 잘 알지."

그가 발걸음을 옮겼다.

묘소로 올라가는 길은 깨끗하게 손질이 되어 있었다.

조천수는 기다리는 동안 특별히 할 일이 없었다고 말했다. 조금 더 늦게 왔으면 이곳에 마을이라도 하나 만들었을 것이라고 말하며 그는 웃었다.

산을 오르던 조천수가 손을 들어 가리켰다.

"바로 앞입니다. 이 언덕만 넘어가면 됩니다."

대정현이 계속 마음에 걸리던 것을 이야기했다.

"소하가 깼을지도 모르지 않소. 그럼 먼저 내려가 보시오."

"알겠습니다."

조천수가 미소를 지었다. 입안 가득 웃음을 머금고 있는 것 같은 그 미소를 대정현은 어디선가 많이 본 듯하다고 생각했다.

"조천수라고 하셨소?"

"그렇습니다."

"낯이 많이 익소이다."

"전쟁터에서 몇 번 뵈었지요. 금휘 장군."

또다시 그 이름이 나오자 대정현은 쓴웃음을 지었다.

"등의 상처는 잘 치료가 되셨습니까?"

조천수의 말을 듣는 순간 대정현의 의식 저편에서 무엇인가 번쩍 하고 스쳤다. 14년 전에 보았던 그의 얼굴이 희미한 기억 속에서 형 체를 갖추기 시작했다.

대정현이 말했다.

"그때 당신도 있었구려. 내 마지막 전투에……."

의식의 저편에 묻어 두었던 기억이 되살아났다. 자신이 그토록 잊어버리고 싶었던 그 시간으로 그가 다시 돌아가고 있었다.

대정현은 빛나는 투구를 쓴 채 산길을 걷고 있었다. 그를 따르는 두 명의 병사가 걱정스러운 듯이 그를 바라보았다.

"전하 괜찮으십니까? 힘들지 않으십니까?"

그들은 지금 거란군과 싸우다가 본진에서 낙오를 한 상황이었다. 쫓고 쫓기는 전쟁터에서는 흔한 일이었다. 그럴 때마다 군사들은 둘 중의 하나를 택해야 한다. 탈영을 하던지, 아니면 다시 자신의 부대를 찾아가야만 했다.

그들은 부대를 찾아가는 중이었다. 익숙한 일이었다. 걱정은 일행 중에 있는 열다섯 어린 나이의 소년 장수가 불안해하지 않을까 하는 것뿐이었다.

그 열다섯 살의 대정현이 말했다.

"곧 본진과 합류할 수 있을 것이다. 조금만 참거라."

그가 오히려 다른 병사들을 위로하고 있었다. 두 명의 병사는 서로를 마주 보며 웃었다. 이 어린 장수는 이미 몇 번에 걸쳐 작은 전공을 세웠다. 그래서 많은 병사들이 그를 금휘 장군이라 부르며 높이 평가했다.

정확하게는 금휘 장군이라 부르며 그를 따랐다. 그에게는 확실히 사람들을 끌어당기는 무엇인가가 있었다.

병사 하나가 웃으며 말했다.

"여부가 있겠습니까? 금휘 장군."

대정현은 미간을 찌푸렸다. 그 이름을 자신은 별로 좋아하지 않았다. 새 투구를 쓰고 이제 막 싸움터에 나왔다는 것을 지적하는 것같이 느껴졌기 때문이다.

대정현이 자신의 생각을 말하려는 순간, 병장기 소리들이 들려왔다. 그들은 소리가 들려온 언덕으로 달려 올라갔다.

마을이 눈에 들어왔다. 그 마을은 약탈을 당하고 있는 중이었다. 집에서는 불길이 솟고 어린 아이들은 공포에 질려 울음과 비명을 질러대고 있었다. 낙오한 거란 병사들이 양민을 쫓아가며 창과 도끼를 휘두르고 있었다.

발해의 국경 마을이었다. 대정현이 앞으로 나아갔다.

"전하!"

병사들이 외쳤을 때 대정현은 멀리 달려가고 있었다.

"뭘 하는가? 우리의 백성이 죽는 것을 보고만 있을 셈인가?"

대정현은 바로 앞에 보이는 거란군을 향해 쏜살같이 달려들었다.

"그 더러운 손을 멈춰라!"

그의 검이 번쩍이자 거란군이 쓰러졌다.

"적이다!"

"발해군이 나타났다!"

거란군들이 소리를 치며 적의 출현을 알렸다. 일방적인 살육의 장소였던 곳이 갑자기 전쟁터로 바뀌었다. 두 명의 발해 병사도 거란군들 사이로 뛰어들며 검을 휘두르기 시작했다. 적은 열 명 가까이 되었으나 이쪽은 왕자를 호위하는 정예병사였다. 거란군들이 연속적으로 쓰러져갔다.

대정현은 한 명의 거란 병사를 발견했다. 그는 살육이 만들어 낸 광기에 흠뻑 젖어 자신의 앞에 있는 어린 소녀를 칼로 내려치려는 중이었다.

"그만 둬!"

대정현이 달려가며 그 병사를 베었다. 거란 병사는 요란한 소리와 함께 한쪽 구석에 처박혔다.

대정현은 죽을 뻔했던 어린 소녀를 돌아보았다.

"많이 놀랐겠구나. 어디 다친 데는 없니?"

소녀는 겁에 질린 표정이었다. 대정현은 소녀를 안심시키기 위해 미소를 지어 보였다.

그 순간, 소녀가 비명을 질렀다.

커다란 도끼가 대정현의 갑옷을 부수고 등으로 파고들어왔다. 아픔이 전신으로 퍼져 나가며 온몸의 신경을 태워버릴 듯한 고통이 다가왔다. 그 고통은 다시 머리로 치달아가서 그의 모든 생각을 하얗게 태워 버렸다. 대정현의 입에서 상처보다 끔찍한 비명이 터져 나왔다.

나뒹구는 대정현을 향해 거란 병사가 다시 도끼를 치켜들었다. 막아야 했다. 그러나 대정현의 검이 다시 내려온 도끼에 맞고는 부러져 버렸다.

거란 병사의 입가에 미소가 걸렸다. 그는 상대의 죽음을 확신하며 천천히 도끼를 다시 들었다. 대정현은 그 틈을 놓치지 않았다. 그대로 상대의 가슴으로 파고들었다. 그리고 부러진 검을 그의 늑골에 밀어 넣었다. 도끼가 땅에 떨어지고 거란 병사의 육중한 몸이 육중한 소리와 함께 쓰러졌다.

"전하! 전하 괜찮으십니까?"

발해의 병사들이 그에게 달려왔다.

"아버님이 내려주신 검인데, 부러져 버렸군."

대정현은 아무 일도 아니라는 듯 자신의 검을 든 채 말했다. 병사들의 얼굴에 의문이 떠올랐다. 대정현은 돌아서서 걸어갔다. 그의 등에서 피가 흘러넘치고 있었다.

"가세. 빨리 도망간 적을 추적해야……."

대정현의 눈 앞에서 하늘이 회전을 했다. 그는 뒤로 넘어가고 있었다.

"전하!"

누가 멀리서 자신을 부르는 것 같다고 생각했다. 그러나 더 이상 생각을 이어갈 수 없었다.

대정현은 바닥에 누운 채 의식을 잃었다.

그는 음식 그릇을 내려놓았다. 등의 상처는 고통스러웠지만 음식이 들어가자 기분은 훨씬 나아졌다.

대정현은 마을 사람들의 집에서 휴식을 취하고 있었다. 등의 상처 때문에 더 이상 길을 가는 것은 무리였다. 그가 마을에 머무는 동안 병사 하나가 본진으로 가서 다른 병사들을 데려오기로 했다.

마침내 본진에서 사람이 도착하고 몇 명의 병사가 들어왔다. 그 중 선두에 있던 무사가 무릎을 꿇으며 예를 갖추었다.

"발해 비선원 철격대장 조천수가 대정현 왕자 전하를 뵙습니다!"

그는 인사를 한 후 가까이 다가왔다.

"소인이 잠시 상처를 볼 수 있게 해 주십시오."

심각한 표정으로 조천수가 상처를 보았다.

"상처가 꽤 깊습니다. 전하를 호송할 병사들을 불러야겠습니다. 며칠 정도면 될 것입니다."

"그래도 죽을 정돈 아니지 않은가?"

웃으며 대정현이 대답했다.

"물론입니다. 대발해의 금휘 장군께서 어찌 이 정도 상처에 쓰러지시겠습니까?"

말을 한 후 조천수가 따라 웃었다. 그의 얼굴은 어린 대정현을 안심시키려는 듯 공손한 목소리였다.

그 조천수가 이제는 주름진 얼굴로 자신의 앞에 있었다.

"기억났소. 비선원 철격대장. 조천수."

조천수의 얼굴에 미소가 어렸다. 14년 전에 보여준 것과 똑같은 미소였다.

두 사람은 이제 오씨 부인의 묘소 앞에 도착해 있었다.

"천천히 인사드리고 내려오십시오."

"그러리다."

조천수가 인사를 한 후 산을 내려갔을 때 대정현은 그저 땅만을 바라보고 있었다. 무슨 말을 해야 할지 알 수 없었다.

대정현은 움직이지도 않고 그렇게 한동안 서 있었다.

"어머님. 저, 이제야 왔습니다."

그의 목소리에는 물기가 배어 있었다.

그가 마지막 전투를 잊고 싶었던 것은 육체적 고통 외에도 마음의 고통이 더 컸기 때문이었다. 궁으로 돌아온 지 얼마 안됐을 때 그 일이 일어났다. 그리고 모든 것이 변했다.

병색이 가득한 오씨 부인이 그를 보고 있었다. 그녀의 시선은 안타까움과 슬픔으로 애타게 끓고 있었다.

"내가 널 부른 이유를 아느냐?"

그는 말없이 고개를 숙였다.

"내가 힘이 없어 너를 중원으로 보내는구나."

대정현은 입술을 깨물었다.

"궁궐 안의 권력 투쟁은 언제나 앞일을 알 수 없단다."

"지금은 네가 권력싸움에서 밀려 중원으로 가지만, 언젠가는 다시 너에게 기회가 올 게다."

오씨 부인이 아들을 손을 잡았다.

"정현아. 나랑 한 가지만 약속해 주겠니?"

"네. 어머님. 말씀하세요."

15살의 대정현은 눈물을 글썽이고 있었다.

"앞으로 무슨 일이 있어도 살아남겠다고 나랑 약속해 주겠니? 어떤 수모를 겪어도, 어떤 어려움이 있어도 참고 견디며 살아남겠다고……."

그녀의 눈가에서 눈물이 떨어지고 있었다.

"살아만 남으면 분명히 기회는 온단다. 중요한 건 살아남는 거야. 약속해 다오. 이 어미의 마지막 부탁이다."

병색이 가득한 그녀는 애절했다. 그는 약속을 해야 했다.

"어떤 수모가 있고, 어떤 괴로움이 있어도……."

입술을 깨물고 고개를 숙인 그의 양 볼을 타고 눈물이 흘러내렸다.

"소자는 살아남을 것입니다. 어머님의 뜻이라면 그리할 것입니다."

대정현은 모친의 묘소를 향해 허탈한 웃음을 짓고 있었다.

"약속대로 이렇게 살아남았습니다. 이제 만족하십니까?"

그의 앞에 어머니가 보였다. 그러나 그녀는 기뻐하지 않았다. 그저 발해를 떠날 때 자신을 바라보던 그 모습 그대로 바라볼 뿐이었다.

대정현은 문득 자신을 끊임없이 화나게 했던 연소하의 눈빛을 떠올렸다. 그녀의 눈은 어머니가 자신을 바라보던 그 눈과 닮아 있었다. 하지만 그는 그 사실을 어떻게 해석해야 할지 알 수 없었다.

하늘이 점점 흐려지고 있었다.

좋은 날씨였다. 군화평은 이런 날이야말로 의식을 치루기에 좋은 날이라고 생각했다. 죽은 자들을 위한 의식에 찬란한 햇살은 어울리지 않는다. 피는 흐린 날 더욱 선명해 보인다.

뒤에서 매영옥이 걸어와 예를 갖추었다.

"금사궁대가 도착하기 전에 출발하라는 야율 어르신의 명입니다."

군화평이 돌아보았다.

그녀는 고개를 숙인 채 시선을 맞추지 않았다. 그는 척살단이 움직일 수 있게 될 것을 어제 밤에 알았다. 그는 야율철라의 방 앞에 있었다. 그는 모든 것을 보았고 모든 것을 들었다.

아무것도 느껴지지 않았다. 고통도, 슬픔도, 좌절도.

그때 그는 자신이 고통만이 아니라 어떠한 감정도 느끼지 못한다는 것을 깨달았다. 그리고 그 이유도 알 수 있었다. 너무 큰 고통이 마음 전체를 지배하고 있어서 다른 것들이 들어올 수가 없었다.

자신이 새로운 고통과 슬픔과 좌절을 느끼기 위해서는 의식을 치러야 했다. 그것만이 자신에게 다시 삶을 줄 것이다.

"그럼 지금 떠나도록 하겠습니다."

매영옥이 말했다. 과거에 군화평은 그녀에게 한 가지를 약속한 적이 있었다. 약속은 지켜져야 했다.

"피의 맹세를 기억하는가?"

그의 급작스러운 말에 매영옥이 고개를 들었다. 척살단주는 더 이상 아무 말도 하지 않았다. 군화평의 눈에서 그녀는 어떤 의지를 읽었다.

인사를 마친 매영옥이 척살단을 이끌고 떠나자 군화평은 다시 하늘의 움직임을 즐기기 시작했다. 점점 더 많은 먹구름들이 몰려오고 있었다. 꽤나 화려한 의식이 될 것이라고 그는 확신했다.

뒤에서 발소리가 들렸다. 야율철라가 호위무사 두 명과 함께 걸어왔다.

"부단주는 떠났나?"

그는 무척 기분이 좋아 보였다.

"포위를 늦출 수는 없으니까요."

야율철라가 앞장을 섰다.

"그럼 우리도 가지."

군화평이 손짓을 하자 다섯 명의 척살단원이 나타났다. 그들이 빠르게 앞으로 나서며 호위를 시작했다.

야율철라의 발걸음은 경쾌했다.

뒤에서 걷던 군화평은 그의 발걸음이 너무 빠르다고 생각했다. 그는 속도를 높여 야율철라의 옆으로 다가갔다.

"금사궁대에게 연락은 하셨습니까?"

"물론일세. 척살단이 간다는 걸 모르면 자네들을 공격할지도 모르잖나? 하핫."

야율철라에게는 생각이 있었다. 금사궁대는 생각보다 빨리 도착할 가능성이 많았다. 군화평이 아무리 왕자를 죽이고 싶다고 해도 금사궁대 앞에서 그럴 수 없으리라고 생각했다. 그러면 야율철라는 발해의 왕자를 설득해 거란의 꼭두각시로 만들면 된다.

지금은 그저 척살단을 다독이기 위한 출정이었다.

"대정현은 죽을 것입니다. 척살단이 찾든, 금사궁대가 먼저 찾든."

갑작스런 군화평의 말을 어떻게 생각해야 할지 알 수 없었다. 야율철라의 얼굴에 곤혹스러운 표정이 떠올랐다.

"무슨 뜻인가? 자네 아직도 그런 생각을……."

야율철라는 더 이상 말을 계속할 수가 없었다. 이유를 알아내기 위해 가슴을 내려다보자 검이 보였다. 그 검이 자신의 가슴을 찌르고 있었다.

검을 거꾸로 따라가자 군화평이 보였다. 그의 얼굴에는 아무런 감정도 드러나 있지 않았다. 그래서 더더욱 야율철라는 자신이 지금 겪고 있는 것이 현실처럼 느껴지지 않았다.

옆에서 비명이 들렸다. 야율철라의 호위대가 척살단에게 죽임을 당하고 있었다. 그제야 모든 것이 명확해졌다. 반역이었다.

"이…… 이런 짓을 하고도 무사할 것 같으냐?"

군화평은 비웃는 표정으로 말했다.

"발해인들이 야율 어르신을 죽인 것입니다. 아니 정현 왕자라면 더 좋겠군요. 그래서 전 어르신의 복수를 위해 금사궁대와 함께 정현 왕자를 죽여 버리게 되지요. 아주 간단한 이야깁니다."

야율철라의 손이 허공을 움켜잡았다.

"이…… 이 배은망덕한……."

군화평이 들릴 듯 말 듯한 목소리로 그의 귀에 중얼거리기 시작했다.

"다시는 등 뒤에서 우리의 피를 요구할 수 없게 할 것이다. 다시는 누구도 우리를 배신하지 못하게 할 것이다."

서서히 검을 빼내며 그가 명확하게 말했다.

"그것이 발해를 등지며 내 피로 한 맹세요."

검을 빼내는 것과 동시에 야율철라의 가슴에서 피가 터져 나왔다. 그리고는 헤엄치듯 허공에 손짓을 한 후 쓰러졌다.

군화평은 만족했다. 자신의 생각대로 피는 선명하게 솟구쳤다. 준비 행사가 끝났으니 이제 본격적인 의식이 시작되어야 했다.

그가 척살단에게 말했다.

"어르신께서 돌아가셨다. 이 슬픈 소식을 금사궁대에게 전하도록 하라."

걸어오던 조천수가 멈추어 섰다.

"소하야!"

그는 막사에서 나오고 있는 연소하를 발견하고 힘껏 달렸다. 그녀의 혈맥을 타고 돌던 대부분의 독은 제거되었다. 얼굴은 핼쑥했지만 어제와 같이 끔찍한 상태는 아니었다.

연소하는 주변을 둘러보며 무엇인가 찾고 있었다.

"전하가 안 보이십니다."

"오씨 부인 묘소에 가셨다."

그제야 연소하의 얼굴에 안심하는 표정이 떠올랐다. 조금 더 혈색이 좋아 보였다.

"밤새 전하가 널 지키셨다. 잠도 자지 않고 널 기다리셨다."

연소하는 아무 말도 하지 않았다.

"그런 전하가 걱정하실까 봐 그 분께는 말하지 않았다."

"뭘 말입니까?"

조천수는 새삼스레 연소하를 살펴보았다. 그녀는 검을 들고 서 있었다. 정신을 차렸을 때 주위에 아무도 없자 불길한 생각이 들었고 조급한 마음에 검을 들고 밖으로 뛰쳐나왔을 것이다.

"네가 더 잘 알지 않느냐? 네 몸 말이다."

조천수가 하는 말을 그녀도 알고 있었다. 혈맥을 따라 몸의 기를 움직이게 해봤을 때 대충 상태를 짐작할 수 있었다.

"은잠사독에 중독되어 네 혈맥은 모두 뒤틀렸다. 넌 지금 무공을 쓸 수 없어."

연소하는 조천수의 시선을 외면했다.

"무공을 쓰면 넌 죽는다."

뒤틀린 혈맥에 기가 흐르면 신경과 혈관이 터져 나가게 될 것이고 자신은 죽게 된다. 그녀도 짐작할 수 있었다.

"넌 이미 네 할 일을 다했다. 비선원주인 임선지 장군께서 직접 오시고 있다. 발해 군영까지 갈 필요가 없게 됐다는 말이다."

조천수가 다시 한 번 확인했다.

"그러니 넌 절대 무공을 사용해서는 안 된다. 몇 달만 잘 요양하면 정상을 찾을 수 있을 게다. 알겠지, 소하야?"

엷은 미소와 함께 그녀가 고개를 끄덕였다.

그때 하늘에서 매의 울음소리가 들려왔다.

연소하는 온몸의 신경이 곤두서는 것을 느꼈다. 고개를 들어볼 필요도 없었다. 절대 잊을 수 없는 소리였다.

"군화평입니다."

조천수가 하늘을 올려다보았다. 구름 낀 하늘에서 검은 날개를 편

매가 날고 있었다.

“저게 바로 군화평이 사람 사냥을 한다는 표시인 거냐?”

“전하가 위험하십니다!”

연소하는 자신의 검을 들고 산을 향해 달리고 있었다.

10
소중한 것을 지키기 위해

또다시 비명 같은 매의 울음이 들려왔다.

그 소리는 연소하의 머릿속에서 불길함이 되어 천애곡 전체에 메아리쳤다. 그녀는 달리면서 대수현이 죽었을 때를 떠올렸다. 그리고 대수현의 얼굴이 대정현으로 바뀌었다. 그녀는 몸서리를 쳤다.

또다시 실수를 반복하지 않으려면 상대의 입장에서 생각해야 했다. 이것은 사냥이다. 척살단이 사냥감을 몰아가면 최종적인 마무리는 언제나 군화평이 했다. 이번에도 그럴 게 분명했다. 발해 왕실에 대한 군화평의 병적인 적개심은 하동에서의 만남으로 확실해졌다. 상대의 계략에 빠지지 말아야 했다.

"전혀 기척을 죽일 생각도 안 하는구나. 뭐가 그리 급한 거냐?"

연소하가 멈춰 섰다.

척살단주가 걸어오고 있었다. 느릿느릿 산책을 하는 사람처럼 혼자 그렇게 걸어오고 있었다. 그는 서두를 이유가 없었다. 사냥은 이제 막 시작되었다.

게다가 그는 발해 최고의 여자 고수가 어떤 상태인지를 잘 알고 있었다. 그녀는 더 이상 위협적인 존재가 되지 않았다. 하지만 아무리 무공을 사용할 수 없게 되었다고 해도 연소하라는 이름 자체가 주는 부담감은 어쩔 수 없었다. 역시 의식을 치루기 전에 제거하는 편이 좋다. 군화평은 그렇게 생각하며 자신의 검을 뽑았다.

군화평을 보는 순간부터 연소하는 검을 뽑고 있었다. 하지만 그녀는 결정을 내리지 못하고 있었다. 여기서 그를 막으면 척살단의 사냥은 최종 마무리를 할 사람이 없어진다. 결국 사냥은 실패하게 되고 대정현은 살아남을 수 있다.

그러나 척살단에게 쫓기던 대정현이 그 과정에서 치명적인 상처를 입을 가능성도 배제할 수 없다. 연소하는 망설였으나 곧 답을 찾았다. 대정현에게 이상이 없는 것을 확인하기 전에는 안심할 수 없었다. 오씨 부인의 묘소로 가는 것이 옳았다.

결정을 내렸다고 해도 빠져 나가는 것이 쉽지 않았다. 상대는 군화평이다. 잘못 발을 빼다가는 치명적인 공격을 당할 수도 있었다.

"여기는 내게 맡기거라."

조천수가 빠르게 걸어오고 있었다.

"소하, 넌 빨리 가서 전하를 모시고 빠져 나가도록 해라."

군화평은 검을 들고 오는 초라한 사내를 어처구니 없는 표정으로 보았다. 그는 척살단주가 어떤 사람인지 모르는 것 같았다. 걸어오면서 군화평 쪽은 보지도 않고 연소하에게 말을 하고 있었다.

숭고한 희생 정신이었다. 자신이 목숨을 던져 군화평을 막는 동안 연소하를 빠져 나가게 하려는 의도인 듯했다. 그러나 그것은 무모한 희생이고, 값어치 없는 죽음이다. 군화평은 단칼에 그를 베고 연소하를 쓰러뜨릴 생각을 했다.

그리고 당장 실행에 옮기기로 했다.

그가 발을 내딛는 순간, 그 초라한 중년 사내가 돌아보았다. 더 이상 움직일 수 없었다. 군화평의 눈은 상대의 얼굴에 못 박힌 듯 고정되었다. 그리고 믿을 수 없다는 듯이 중얼거렸다.

"일혈……패도?"

단 일격에 상대는 피를 뿜는다. 그의 파괴적인 직선 돌격은 상대의 방어를 무력화시키고 전략을 붕괴시키며 최종적으로는 상대를 굴복시켰다. 그것이 일혈패도 조천수의 방식이었다.

비선원 철격대의 수장으로서 그가 이룩한 신화와 전설은 검을 시작하는 젊은이들에게 동경의 대상이었다. 그가 지병을 이유로 철격대장직에서 물러난 이후에도 많은 사람들이 그에게 젊은이들을 지도해줄 것을 요청했다. 그는 검에 뜻을 둔 후학들을 양성하기 시작했고, 그가 만든 최고의 작품이 연소하였다.

군화평도 잠깐 동안 그에게 지도를 받은 적이 있었다. 그 시절에 주위에서 농담처럼 하던 말이 있었다.

'일혈패도는 후방 보법을 가르치지 않는다.'

그 만큼 공격적이고 강했다. 그래서 사람들은 그를 '패도(覇刀)'라고 불렀다.

조천수가 다시 연소하를 보았다.

"곧 뒤따라 갈 테니 어서 가거라."

그녀는 망설였다.

"어서!"

연소하가 마침내 마음을 굳힌 듯 그에게 인사를 했다.

"소하야. 잊지 마라. 넌 절대 무공을 써서는 안 된다!"

달려가는 연소하의 등 뒤로 조천수의 목소리가 흩어졌다.

군화평은 이제 차분히 상대를 바라볼 수 있게 되었다. 상대가 누구인지 알게 되었지만 처음에 본 느낌과 크게 다르지 않았다. 조천수도 이제 나이를 먹을 만큼 먹은 늙은이였다.

몸 안의 병과 싸우면서 전쟁을 겪은 그는 자신의 나이보다 훨씬 늙었고 지쳐 보였다. 그가 군영에서 병사들의 검을 손질해 주는 일을 한다는 이야기를 얼핏 들은 것도 같았다. 더 이상 그는 예전의 일혈패도가 아니었다.

조천수가 자신의 모습에 걸맞은 편안한 걸음으로 걸어왔다.

"오랜만이구나. 군화평. 네 살겁에 대해선 귀가 따갑게 들었다."

"칭찬으로 알겠소이다."

조천수는 너무도 차분한 표정이었다.

군화평은 웃고 있었다. 군화평의 웃음은 초라하게 변해 버린 일혈패도에 대한 비웃음이었다.

과거는 아무리 영광스러워도 과거일 뿐이다. 그것이 할 수 있는 일은 이 초라한 남자의 추억 속에서 가끔씩 그를 만족시키고 웃음짓게 하는 것 말고는 없을 듯했다.

군화평은 천천히 칼을 옆으로 들어올렸다. 이제 과거의 영광을 땅에 묻을 때가 왔다.

조천수도 그에게 응답하듯 천천히 검을 들어올렸다.

그리고 모든 것이 변했다.

과거는 이제 현재가 되었고, 영광은 다시 찬란하게 빛나기 시작했다. 발해 최강으로 군림했던 남자가 자신에게 영광을 주었던 검을 들고 군화평을 바라보고 있었다. 죽음마저 무감각해진 군화평의 등줄기로 삶을 일깨우는 전율이 지나갔다.

일혈패도가 돌아왔다.

14년 간의 세월이 지나갔다. 대정현은 그 모든 것이 시작된 지점에 있었다.

그는 모친의 묘소를 바라보며 자신의 지나온 삶에 대해 생각했다. 두 개의 과거가 엉켰다가 풀어지고 다시 엉키는 과정을 반복했다. 그 둘은 서로를 원치 않았고 섞이지도 않았다.

소삼으로서의 삶과 대정현의 삶은 모두가 자신의 것이었지만, 한편으론 두 가지 모두 다른 사람의 것처럼 생각되었다. 생각할 수록 마음은 더욱 힘들어졌고 생각은 더욱 많아졌다.

대정현은 그 이유를 알고 있었다. 잠자는 듯 누워 있던 연소하의 얼굴이 떠올랐다. 지금쯤이면 일어났을지도 모른다. 그렇게 생각하면서 대정현이 몸을 일으켰다.

순간, 오랜 세월 그를 지배하고 있던 생존본능이 경고를 보내왔다.

대정현은 빠르게 주위를 둘러보았다. 그를 향해 다가오던 척살단과 눈이 마주쳤고 그들도 대정현을 발견했다. 대정현은 몸을 일으켜 달리기 시작했다. 동시에 그를 쫓는 척살단의 일부가 커다랗게 반원을 그리며 그의 앞길을 막기 위해 움직였다.

대정현은 검을 가지고 있지 않았다. 빨리 길을 찾아야 했다.

일혈패도를 상대하는데 있어 보통의 방법은 위험했다. 천천히 군화평은 자신의 검에 진기를 불어넣었다. 검이 소리를 내며 진동하기 시작했다.

조천수는 척살단주를 바라보았다. 한때 그를 가르친 적이 있었다. 그는 검의 천재였다. 조천수는 그가 실전을 통해 더욱 강해질 것이라고 생각했고, 결국 그렇게 되었다. 얼마 지나지 않아 군화평은 '무신(武神)' 이라고 불리우게 되었다. 그리고 이제 척살단주가 되어 자신의 앞에 서 있었다.

더 이상 옛날의 풋내기가 아니었다. 조천수는 천천히 그의 움직임을 살피기로 했다. 검이 점점 소리를 높여가며 울어대고 있었다. 하지만 군화평은 움직이지 않았다.

조천수가 먼저 다가갔다.

"네가 날 만난 걸 보니 살겁을 그만둘 때가 된 것 같구나."

상승해 가던 검의 울림이 멎었다.

동시에 군화평도 일혈패도를 상대할 모든 준비가 끝난 듯 공격 자세를 취했다.

"그럼 어디 그만두게 만들어 보시겠소?"

무신과 패도가 서로를 향해 부딪쳐 갔다.

대정현은 사냥터의 사냥감이었다. 척살단은 그를 적당히 상처 입히며 사냥의 최종 목적지까지 몰아가면 그만이었다. 그들은 여유롭게 사방으로 움직이며 포위망을 형성하기 시작했다.

달리던 대정현이 진로를 막아서는 척살단을 발견했다. 그는 방향을 바꿔 뛰기 시작했다. 몰이가 시작되면 사냥감이 보이는 일반적인 반응이었다. 당장 보이는 장애물만을 피해서 달린다. 척살단의 눈에 대정현은 완벽하게 함정에 빠진 사냥감이었다.

대정현이 방향을 바꾸자 뒤에서 두 명의 척살단원이 나타났다. 그들이 검을 치켜든 채 도약했다. 하지만 그들의 앞으로 흰색의 그림자가 빠르게 지나가자 두 명의 척살단원은 피를 뿌리며 바닥에 떨어졌다.

놀란 대정현이 돌아보았을 때 거기에 연소하가 서 있었다.

"소하!"

다시 왼쪽에서 척살단이 나타났다. 연소하가 그들을 베며 대정현의 앞을 막아섰다. 예전과 똑같이 우아하고도 빠른 움직임이었다. 척살단의 사냥 활동이 갑작스럽게 정지되었다.

연소하가 말했다.

"서두르셔야 합니다. 천애곡을 넘어갈 것입니다."

"너 다 나은 거야? 몸은 괜찮아?"

"괜찮습니다. 어서 가시지요."

"잠깐만. 난……."

어제까지 그녀는 생과 사의 경계에서 의식을 잃고 있었다. 일단 그녀의 몸이 괜찮은지 제대로 확인해야 했다.

그러나 척살단이 달려오고 있었다. 진영을 정비한 그들이 또다시 포위망을 형성하며 압박해 왔다.

"서두르십시오. 자세한 이야기는 천애곡을 넘어가서 드리겠습니다."

대정현은 쓰러진 척살단의 검을 주워들었다. 연소하는 대정현을 앞세운 채 뒤를 경계하며 달려갔다. 문득 그녀는 자신의 입으로 손을 가져갔다. 입가에서 피가 흘러내리고 있었다. 어디선가 혈맥이 터진 것 같았다. 체내에 남아 있는 은잠사독은 기가 운용되면 혈맥과 신경을 팽창시킨다.

연소하는 앞서 가고 있는 대정현을 보았다. 그리고 고개를 돌린 채 피를 닦았다.

두 개의 검이 부딪히며 내는 불꽃과 충돌음이 빠르게 뒤섞였다. 거기에 화답하듯 공중을 나는 매는 더욱 날카로운 소리를 냈다. 그리고 두 사람의 반경 안에 있는 나뭇가지와 풀잎들이 검에 잘린 채 사방으로 흩어졌다.

조천수가 척살단주를 빠르게 밀어붙이고 있었다. 상대에게 반격을 허용하지 않고 절대 물러서지 않는 패도의 직선공격. 하지만 무신은 그 모든 것을 막아내고 있었다.

군화평은 상대의 공격에 같이 맞서 갈 수도 있었다. 하지만 그렇게 되면 빈틈이 노출될 수도 있었다. 그는 지금 기회를 노리는 중이었다. 최대한 빈틈을 감추며 상대의 공격 사이에 틈이 생기기를 기다리고 있었다.

마침내 기회가 왔다. 약간의 틈도 없이 이어지던 조천수의 공격이 휴지기를 가지며 검이 회전을 시작했다. 아마도 공격 방식을 바꿀 생각인 듯했다. 그 정도 시간이면 충분했다. 군화평의 검 주변으로 검기가 일렁거렸다.

그리고 이번에는 군화평이 빠르게 공격을 해 나가기 시작했다. 하지만 조천수 역시 그의 모든 공격을 막아냈다. 이어서 누가 먼저랄 것도 없이 두 사람이 떨어졌다.

조천수가 즐거운 듯 미소를 지었다.

"제법이구나. 군화평."

"하지만 당신은 이젠 늙은 호랑이에 불과하구려."

조천수가 뭔가 이상하다는 것을 느꼈다.

작은 소리와 함께 자신의 몸에서 작은 혈관들이 터져 나갔다. 팔과 다리에 흐르는 피가 옷을 빨갛게 물들이기 시작했다.

조천수는 경악하는 표정으로 자신의 몸을 보았다.

"이……이건……."

"알아보시겠소?"

조천수는 믿을 수 없다는 표정이었다. 그때 그의 얼굴에 한 줄기 혈선이 생겼다.

"발해의 왕실 비전. 격도신검이올시다."

격도신검은 검기를 통해 인체를 내부에서부터 파괴한다. 조천수의 얼굴에 생긴 혈선이 여러 갈래로 분화되기 시작했다.

"네…… 네놈이 이걸 어떻게……."

"모든 건 승자의 전리품이 될 수밖에 없소."

조천수는 온몸을 휘감는 고통을 막기 위해 전신의 혈을 빠르게 짚기 시작했다. 비웃음을 띤 채 그것을 바라보던 군화평이 돌아섰다.

동시에 조천수의 몸에서 폭발하듯 피가 뿜어져 나왔다.

척살단의 움직임이 달라졌다. 그들은 더 이상 사냥의 몰이꾼으로 있고 싶어하지 않았다. 어설픈 추적은 먼저 죽어간 동료들처럼 자신들의 목숨만 잃게 할 뿐이라는 사실을 깨달았기 때문이다.

척살단은 사냥꾼이 되기로 결심했다. 사냥감은 다리가 없어도 되고 팔이 없어도 됐다. 그저 숨만 붙어 있으면 된다. 최악의 경우에는 죽어도 할 수 없었다.

그들이 거세게 공격해 오기 시작했다. 달려가는 앞쪽을 두 명의 척살단원들이 막아섰다.

이인일조. 척살단의 공격 방식은 동일했다. 약간의 시차를 누고 두 개의 공격이 동시에 이루어진다. 처음 것이 실패하더라도 두 번째의 공격이 상대를 꿰뚫는다. 그리고 실패한 자는 스스로 방패가 되어 상대의 검을 막는다. 발해의 수많은 고수들이 그런 공격에 살해당했다.

하지만 그들의 상대는 연소하였다. 그녀는 두 개의 공격이 가진 시차를 허용하지 않았다. 공격이 시작되기 전에 그들을 베었다.

그러나 가끔은 두 개의 공격이 실패할 때를 대비해 다른 한 명이 공격을 보조하기도 한다. 지금이 그런 상황이었다. 연소하 뒤에 남아 있던 한 명이 검을 찔러갔다. 그녀는 돌아서야 된다고 생각했다. 그러나 시야가 흔들리고 평형 감각이 순간적으로 붕괴되었다. 언제나 그녀의 생각을 따르던 육체가 통제를 벗어났다.

검이 번쩍이며 척살단이 쓰러졌다. 그녀의 등 뒤에서 대정현이 척살단을 벤 검을 내리고 있었다.

"전하……."

"이번에도 야단을 칠 생각이라면 그만 둬."

대정현이 싱긋 웃으며 말했다.

그때 다른 척살단이 빠르게 달려와 주변을 막아가기 시작했다. 드들은 또다시 두 사람을 포위해 가고 있었다. 누가 먼저랄 것도 없이 대정현과 연소하가 등을 맞대고 척살단을 향해 검을 겨눴다.

"내 말 잘 들어."

대정현이 말했다.

"넌 공격에 집중해라. 내가 널 지키겠다. 난 방어를 하고 넌 공격을 한다."

연소하는 다른 방법을 이야기하려고 했다. 대정현이 나지막하게 이야기했다.

"지금은 이 방법밖에 없어. 망설이지도 말고 고민하지도 마라."

대정현이 손을 내밀던 때가 생각났다. 거절할 수가 없었다. 그때와 같이 지금 그의 목소리에는 거부할 수 없는 위엄이 서려 있었다.

척살단의 포위 대형이 완성되었다. 그리고 그들이 쳐들어왔다. 대정현은 빠르게 움직이며 연소하의 움직임을 주시했다. 그녀와 호흡을 맞춰야 했다.

자신이 가진 능력으로는 여러 사람과 동시에 싸워 그들을 물리칠 수 없었다. 그러나 방어라면 다르다. 대정현은 그녀의 움직임을 읽으며 척살단의 공격을 방어해 나갔다. 연소하는 내심 놀랐다. 그가 예전에 보여줬던 그 기이한 보법을 밟으며 척살단의 공격을 차단하고 있었다. 그녀는 철저하게 공격에 집중하기로 했다.

포위망이 급격하게 붕괴되었다. 마치 거대한 불덩이가 회전하면서 포위망을 파괴하고 있는 것처럼 보였다. 그리고 회전이 멈췄을 때 주변에 서 있는 척살단은 한 명도 없었다.

연소하가 대정현을 보았다.

"괜찮으십니까? 전하."

"그건 내가 묻고 싶은 말이다."

그녀의 얼굴은 창백했다. 자신의 몸이 정상이 아니라는 사실은 누구보다 그녀가 더 잘 알고 있었다. 더 심각해지기 전에 천애곡을 넘어야 했다. 그곳까지 가면 임선지 장군이 기다리고 있었다.

"어서 가시지요. 여기서 지체하면 위험합니다."

"날 봐. 너, 정말 괜찮은 거야?"

돌아서려던 그녀의 어깨를 대정현이 잡았다. 자신을 빤히 보는 그의 눈이 거짓말을 할 수 없게 하고 있었다. 그렇다고 사실대로 말할 수도 없었다.

"참으로 보기 좋습니다. 두 분."

매영옥이 쌍검을 든 채 걸어오고 있었다.

그녀는 척살단의 사냥을 중간에서 점검하기로 되어 있었다. 그런데 합류해야 할 지점에 척살단이 나타나지 않았다. 무엇인가 잘못됐다는 것을 알게 된 매영옥이 달려오다가 두 사람을 발견했다.

주변의 상황이 모든 것을 말해주고 있었다. 연소하를 고려하지 않은 것이 실수였다. 그녀는 어쩔 수 없는 상황에서 목숨을 버릴 생각으로 무공을 사용한 게 분명했다.

매영옥은 천천히 걸어갔다. 서두를 이유가 없었다. 연소하는 더 이상은 무공을 사용할 수 없다고 보아야 했다.

"지난 번 빚을 갚을 기회를 이리도 빨리 얻게 되는군."

그녀는 이미 확신하고 있었다. 이제야말로 연소하를 죽이고 최고가 된다.

연소하가 검을 들자 매영옥이 웃었다.

"네 몸은 내가 더 잘 알아. 넌 무공을 쓸 수 없다."

"착각하고 계시는군요. 무공을 쓸 수 없는 것과 써서 안 되는 것은 다릅니다."

매영옥은 당황했다.

"너 설마 은잠사독에 중독된 몸으로 무공을 쓰겠다는 거냐? 무공을 쓰면 넌 죽어."

대정현의 눈이 휘둥그레졌다. 은잠사독에 대한 것은 그도 이미 이야기를 들어 알고 있었다. 하지만 무공에 대한 이야기는 듣지 못했다. 만일 사실을 알았다면 절대 그녀가 지금처럼 검을 휘두르게 하지 않았으리라. 대정현은 아무 생각도 할 수 없었다.

매영옥이 검을 든 채 앞으로 달려왔다.

"그렇게 원한다면 내가 널 죽여주지."

하지만 연소하는 움직일 수가 없었다. 생각보다 몸의 상태가 심각했다. 전신의 혈관이 요동치며 극심한 고통을 호소해 왔다. 그것이라면 견딜 수 있었다.

평형 감각에 문제가 생겼다. 귀에서 강한 울림이 들려오는 동시에 눈 앞에 보이는 광경이 거꾸로 돌아갔다. 그녀는 한쪽 무릎을 꿇으며 주저앉았다.

매영옥은 마침내 때가 왔다는 것을 알았다. 자신의 손으로 최고를 베는 순간이 바로 눈 앞까지 다가왔다. 그때 누군가 매영옥을 향해 검을 뻗어왔다. 달려가던 그녀가 급하게 정지하며 검을 튕겨냈다.

대정현이 검을 들고 있었다. 왕자는 척살단주를 위해 준비된 제물이었다. 하지만 자신이 최고가 되려는 것을 방해한다면 용서할 수 없었다.

매영옥은 대충 왕자의 다리를 베어 움직임을 봉쇄할 작정이었다. 그러나 그녀가 움직이기 전에 대정현이 쳐들어왔다. 매영옥은 그가 불에 뛰어드는 나방을 닮았다고 생각했다.

하지만 그는 나방이 아니었고 자신은 불이 아니었다. 대정현의 보법이 특이한 방향으로 움직이고 있었다. 그의 검이 예측할 수 없는 방향으로 흐르며 공격해 왔다. 매영옥은 당황했다. 시간이 흐를수록 점점 그녀가 수세에 몰리고 있었다.

연소하도 놀란 눈으로 대정현의 움직임을 바라보았다. 자신은 그 모습을 본 적이 있었다. 그는 무공도 뭣도 아니라고 했지만, 그것은 실제로 놀라운 검법이었다. 상대의 모든 방위를 막아가며 공격해 가고 있었다.

매영옥은 결단을 내려야 했다. 이대로 가다가는 어처구니없게도 자신이 당할 상황이었다. 여기서 쓰러질 수는 없다. 척살단의 출동을 위해 자신은 모든 것을 던졌다. 결정을 내린 그녀가 몸을 돌리며 빠르게 연소하를 향해 쏘아져 갔다.

그러나 대정현 쪽이 한발 빨랐다. 그는 계속 연소하의 상태를 살피고 있었다. 그래서 매영옥이 움직이는 순간 그녀의 의도를 알아차 릴 수 있었다.

매영옥이 목표에 거의 도달했다고 생각한 순간, 대정현이 앞을 막 아서며 공격해 왔다. 그녀는 피할 수 없었다. 의식은 방어를 명령했 지만 연소하를 향해 움직이던 다리는 멈추지 않았다.

매영옥의 허리에서 피가 솟구쳤다. 그제야 그녀의 몸이 반응하며 뒤로 물러섰다. 상처는 배에서 허리까지 길게 이어지고 있었다. 연 소하에게 당했던 상처가 채 아물기 전에 다시 공격을 받아 더 고통 스러웠다. 그녀는 서둘러 지혈을 시작했다.

대정현은 일어서고 있는 연소하에게 달려갔다.

"너, 어떻게 된 거야?"

연소하의 눈길은 흐릿했다.

"너 괜찮다고 했어! 요양만 잘하면 괜찮을 거라고……."

"전하. 빨리 가셔야 합니다."

그녀는 서둘러 움직이려고 했다. 그의 눈을 계속 볼 자신이 없었 다.

"기다려! 네 몸이 어떤지 알아야겠어. 난……."

순간 연소하의 눈이 커졌다. 군화평이 나타난 것이었다. 공중을 관통하며 그가 키우는 매처럼 날아왔다. 그의 검은 대정현의 등을 향하고 있었다. 연소하는 너무 늦게 그의 출현을 알아차렸다.

그녀가 대정현의 몸을 잡아 피하게 했지만 군화평의 검은 이미 그 의 어깨를 찌르고 있었다. 대정현의 검이 바닥에 떨어지고 어깨에서는 피가 치솟았다. 연소하는 그와 함께 바닥을 굴렀다.

바닥에 착지한 군화평이 두 사람을 보았다.

"아직 아니야."

그의 시선은 쓰러진 대정현을 향하고 있었다.

"그렇게 쉽게 죽이지 않는다."

연소하는 빠르게 일어서며 군화평의 앞을 막아섰다.

뒤에서 미약한 대정현의 신음이 들려왔다. 그를 지켜야 했다. 다행히 그녀의 귓속에서 울리던 소리가 사라지며 시야가 정상을 회복하고 있었다. 이 상태가 한동안이라도 유지되기를 바라며 그녀가 검을 들었다.

"그 자리에서 멈추십시오. 군화평 단주."

"조천수는 죽었다. 내가 죽였지."

말을 듣기 전부터 알고 있었다. 군화평이 이곳으로 왔다는 것은 바로 조천수의 죽음을 의미했다. 자신이 그를 남겨두고 왔다는 것을 기억하며 연소하는 가슴이 찢어지는 고통을 느꼈다.

조천수는 갈 곳 없는 연소하를 10살 때부터 군영에서 키웠다. 장가도 가지 않은 무사가 딸을 데리고 다닌다고 놀림도 많이 받았었다. 그럴 때마다 그는 그저 미소를 지어 보일 뿐이었다. 그리고 그녀에게 검을 가르쳐 준 것도 조천수였다. 여러 사람에게 사사를 받았다고 하나 자신의 근본은 조천수의 검법이었다. 그는 연소하에게 아버지이자 스승이었다.

연소하가 입술을 깨물며 고통을 참는 모습이 군화평의 눈에도 들어왔다. 그가 걸음을 멈추며 나지막하게 말했다.

"그리고 이제 왕자 놈도 죽일 것이다."

척살단주는 자신의 말이 그녀에게 어떤 반응을 나타낼지 흥미롭게 지켜보았다. 그러나 그는 아무것도 볼 수 없었다. 검을 든 그녀의 눈빛은 조금도 흔들리지 않았고 언제나 그랬던 것처럼 다시 평정심을 유지하고 있었다.

군화평은 상대가 슬퍼하고 괴로워하는 모습을 보기를 원했고, 상대가 광기에 차서 분노를 터뜨리며 공격해 오기를 바랐다. 무엇이 그 모든 것으로부터 그녀를 지키고 있는지 알 수 없었다.

군화평도 이제 매영옥의 감정을 이해할 수 있었다. 죽이고 죽는 살육의 한복판에서 그녀는 홀로 고고하게 검의 광기에 물들지 않고 자신을 지키고 있었다. 군화평은 그런 연소하에게 압도당하는 기분이 들었다.

"날 죽이고 싶은가? 방법은 하나. 목숨을 건 일격."

군화평의 눈에 광기가 일렁거렸다.

"그 일격에 필요한 게 뭔지 아나? 일념, 오로지 죽인다는 일념이다! 죽이고 싶다고 생각해라, 그것뿐이다!"

연소하가 나지막하게 말했다.

"검은……."

그녀의 검 끝이 군화평을 향했다.

"죽이기 위해서가 아니라, 소중한 것을 지키기 위해 드는 것입니다."

"그런 무른 검으로 날 죽인다고?"

군화평이 폭풍과 같은 기세로 연소하에게 육박해 갔다.

그녀는 검을 막으며 맞서 갔다. 시간이 많지 않았다. 어떻게 해서든 척살단주를 쓰러뜨려야 했다. 자신의 생명과 바꾸더라도 그를 막아야 했다.

그녀는 조천수의 죽음과 대정현에 대한 척살단주의 계획을 들으며 그를 죽이기 위해 달려들고 싶은 욕망을 느꼈다. 마음이 가는 대로 살심을 뿜어내고 싶었다.

그런 유혹을 그녀는 초인적인 인내로 참아냈다. 평정심을 잃으면 상대가 원하는 대로 되는 것이었다. 그녀가 흔들리면 소중한 것을 지킬 수 없었다.

절대 잊지 말아야 했다.

'검은 소중한 것을 지키기 위해 드는 것이다.'

맹렬한 기세로 연소하는 공격을 퍼부었다. 물러서서도 안되고 물러설 이유도 없었다. 빠르고 강한 공격은 상대의 방어를 무력화시키고, 전략을 붕괴시키며 최종적으로는 상대를 굴복시킨다. 이것이 일혈패도가 자랑하는 검법의 정수였다.

군화평의 팔에서 피가 튀었다. 그리고 그의 검이 날아갔다. 척살단주의 얼굴에 도저히 믿을 수 없다는 표정이 떠올랐다.

조금의 틈도 주어서는 안된다. 척살단주가 등에 있는 또 하나의 검을 뽑기 전에 승부를 내야 했다. 그녀의 몸은 벌써 자신에게 주어진 시간이 많지 않다는 것을 알려오고 있었다. 연소하는 군화평의 심장을 향해 검을 뻗었다. 막을 수 없다. 그녀는 확신했다.

둔탁한 느낌이 연소하의 검 끝에 걸렸다. 그때 가슴이 아닌 등이 보였다. 매영옥이 자신의 몸을 던져 검을 막고 있었다. 그녀의 등을 관통한 검은 간신히 군화평의 어깨를 찌르고 있을 뿐이었다.

"단주님……."

매영옥이 척살단주를 올려보았다.

군화평은 아무 말도 하지 않고 손을 움직였다. 매영옥의 입에서 짧은 비명이 터졌다. 그녀는 천천히 아래를 내려다보았다. 검이 자신의 배를 뚫고 있었다. 척살단주가 가지고 있던 또 하나의 검이었다. 그 검이 매영옥을 관통해 연소하를 찌르고 있었다.

연소하는 검을 뽑으며 뒤로 주춤 물러섰다. 간신히 몸을 추스린 대정현이 달려와 쓰러지려는 그녀를 안았다.

"소하!"

"전, 전 괜찮습니다. 어서, 어서 피하세요."

연소하는 다시 입에서 각혈을 했다. 그녀가 자신의 입가에 묻은 피를 닦았다.

"가……가세요. 제발……."

연소하를 보고 있던 대정현의 눈에서 불길이 솟았다.

그가 천천히 군화평을 돌아보았다. 그는 매영옥을 안은 채 그녀의 눈을 보고 있었다.

"단주님……."

군화평은 실망했다. 적어도 매영옥의 죽음이라면 그에게 새로운 고통을 알려줄 수 있을 것이라고 생각했다. 그러나 그녀의 죽음도 그의 일상을 메우고 있는 수많은 죽음 가운데 하나일 뿐이었다.

하지만 그녀를 이대로 보낼 수는 없었다. 그녀가 원하는 것을 알고 있었다. 군화평은 천천히 매영옥의 얼굴로 입을 가져가 그녀에게 입술을 맞추었다.

매영옥의 눈가에 눈물이 맺혔다.

천천히 입술을 뗀 군화평이 속삭였다.

"가서 기다려라. 곧 연소하를 보내주겠다."

그녀의 얼굴에 놀랍도록 밝은 빛이 보였다.

군화평은 자신의 뒤쪽을 돌아보았다. 연소하의 공격으로 인해 밀려온 그곳의 바로 뒤는 절벽이었다. 그가 매영옥을 들어 절벽으로 던졌다.

매영옥은 자신이 이기고 싶었던 적수에게 자신의 시체를 보이고 싶지 않을 것이라고 그는 생각했다. 떨어지는 그녀의 표정을 보지 않고 군화평이 돌아섰다.

"이제 아무도 내 앞길을 막을 수는 없다."

군화평이 다가왔다.

대정현은 척살단주의 손에 들린 검에서 눈을 떼지 못하고 있었다. 군화평이 들고 있는 검은 손잡이에 국화가 양각으로 새겨져 있었다.

또 하나의 무영검이었다.

"그…… 검……."

대정현의 시선을 따라 군화평이 자신의 검을 보았다.

"잘 알지. 네 아비 대인선이 전쟁터에 처음 나가는 두 명의 왕자들에게 준 검이지."

"그, 그걸 네가 어떻게?"

군화평이 웃었다.

"대수현은 내가 죽였으니까."

11

그림자 없는 검에 내리는 눈

대수현은 특별히 비선원 상계무장 연소하를 아꼈다.

그녀가 처음 찾아왔을 때 가장 먼저 눈에 들어온 것은 검이었다. 생사조차 알 수 없는 자기 동생의 검을 그녀가 가지고 있었다. 연소하로부터 검을 갖게 된 사연을 듣게 되자 원래 감수성이 예민하던 대수현은 눈물을 흘렸다. 새삼스레 어릴 적 헤어진 동생과의 추억이 떠올랐기 때문이다.

그는 동생이 자신보다 훨씬 훌륭한 왕이 될 수 있을 것이라고 생각했다. 대수현이 전쟁터의 격렬함 속에서 긴장하고 있을 때 동생은 질풍처럼 적진을 누볐고, 사람들은 빛나는 투구를 쓰고 용맹을 떨치는 그 소년 장수를 금휘 장군이라고 불렀다.

그 동생은 이제 다른 형제들처럼 이 세상 사람이 아니라고 봐야 했다. 그래서 대수현은 그녀에 대해 형제와 같은 감정을 느꼈다. 그리고 어떤 면에서 연소하는 그의 형제였다.

그녀는 이제 대수현과 똑같은 검을 가지고 있었다.

그 검의 이름은 무영검.

세상에 단 두 자루밖에 없는 검이었다.

거란과의 전투가 형세를 판단할 수 없을 정도로 격렬하게 전개되고 있다는 소식이 들려왔다. 그리고 조천수가 찾아와 의군이 오는 것이 늦어질 것 같다는 말을 전하고 갔다.

대정현도 이해할 수 있었다. 전쟁은 필연적으로 사상자가 나오게 되어 있었고, 죽은 자들보다는 부상자가 더 많이 나왔다. 의군들은 그들을 돌보느라고 바쁠 것이다. 그리고 자신은 안정이 필요한 상태였으므로 바로 데리러 올 필요도 없었다. 게다가 이미 본진에서는 철격대를 보내 왕자를 보호하도록 조치를 취한 상태였다.

대정현은 천천히 음식을 입 안에 넣으며 마음을 좀 더 느긋하게 가져야겠다고 생각했다. 지금 있는 곳에서의 생활도 크게 나쁘지 않았다. 마을 사람들은 대정현 일행을 구세주처럼 생각했다. 그들이 거란 병사들을 물리쳤기 때문에 목숨을 건질 수 있었다고 생각하는 모양이었다.

대정현이 식사를 마치고 그릇을 내려놓자 밖에서 기다리고 있던 열 살 정도의 소녀가 재빠르게 뛰어들어왔다.

"오늘도 맛있게 먹었다. 점점 솜씨가 좋아지는구나."

그 말을 듣자 소녀는 얼굴을 붉게 물들였다. 대정현은 그 소녀를 새삼스럽게 바라보았다. 자신이 거란 병사와 싸우며 구해준 소녀였다. 그녀는 대정현이 자신 때문에 등을 다쳤다고 생각하고 있었다. 그래서 자신이 왕자의 식사를 책임져야 한다고 마을 사람들에게 우겼던 모양이다.

어쨌든 그녀의 음식 솜씨는 꽤나 뛰어났다. 일찍이 부모를 여의고 혼자서 음식을 만들어 왔기 때문인 듯했다.

빈 그릇을 가지고 나갔던 소녀가 금방 다시 돌아왔다. 그리고 대정현을 향해 무릎을 꿇었다. 뭔가 한참을 생각한 듯 비장한 표정이었다.

"전하. 검을 가르쳐 주세요!"

대정현은 그 모습이 귀엽다고 생각했다.

"왜 검을 배우겠다는 거냐?"

"아버지도 어머니도 모두 거란인들에게 살해당하셨어요. 저…… 저도 검을 배우고 싶어요."

소녀의 눈은 열망으로 가득했다. 하지만 그곳에는 부모를 죽인 자에 대한 증오와 거란인에 대한 미움도 함께 보였다.

대정현은 가볍게 한숨을 쉬었다.

"무슨 일이 있어도 넌 검을 잡겠구나."

검을 잡아야 한다면 제대로 배워야 한다. 대정현은 자신이 처음 검을 잡을 때 배웠던 것을 소녀에게도 가르쳐 주기로 했다. 그는 자리에서 일어나 벽에 세워져 있던 자신의 검을 가져왔다. 부러져서 더 이상 사용할 수 없게 된 검이었다.

"이 검의 이름은 무영검이란다. 아버님께서 형님과 나에게 주신 검이지. 잡아 보거라. 두 손으로."

그의 생각대로였다. 부러진 검은 어린 소녀의 키에 딱 맞았다.

"작아요. 이걸로 커다란 거랑 싸울 수 있어요?"

"괜찮아. 나중에 키가 크면 검신을 바꾸면 되니까. 그거 보다 중요한 게 있다."

대정현이 소녀의 손을 잡아 자신의 앞으로 끌어당겼다.

"검을 배우는 사람이라면 꼭 알아야 하는 거란다."

정현은 아무 말없이 소녀를 보았다. 소녀가 자신의 말을 들을 준비가 될 때까지 기다리며 한참을 말없이 앉아 있었다. 그리고 그가 천천히 입을 열었다.

"혹시 검에 살고 있는 악귀에 대해 들어본 적 있니?"

소녀는 눈을 반짝이며 호기심 어린 표정으로 대정현을 바라보았다.

그 소녀가 바로 어린 시절의 연소하였다.

대정현의 눈에는 과거와 현재가 모두 담겨 있었다. 그리고 잃어버렸던 기억이 현실로 찾아와 연소하의 얼굴 위에 머물렀다. 그녀의 눈가에 눈물이 비쳤다. 대정현은 아무 말도 할 수 없었다.

애써 잊으려고 노력하며 의식적으로 기억하지 않았던 그 지점에 그녀가 있었다. 자신이 그녀에게 검을 주었다. 그녀는 검을 지켰고 검의 정신을 지켰다. 하고 싶은 말도 많았고 묻고 싶은 것도 많았다. 하지만 그 전에 해야 할 일이 있었다.

대정현은 그녀를 바위에 기댈 수 있게 했다.

"여기서 기다려. 곧 돌아올게."

연소하의 시야가 뿌옇게 흐려왔다. 그녀가 희미해지는 정신을 가다듬고 있을 때 대정현은 걸어갔다. 그의 손에는 그녀의 검이 들려 있었다.

군화평은 하늘을 보았다. 매가 날고 있는 하늘은 어두웠고 당장 뭔가 쏟아질 것처럼 먹구름이 잔뜩 끼어 있었다. 군화평은 그런 날씨에 대단히 만족했다.

그리고 자신을 향해 걸어오는 왕자를 보았다.

대정현이 군화평의 앞에 멈추어 섰다.

"하나만 묻자. 네가 그 검을 가진 이유는?"

군화평이 싸늘하게 웃었다.

"대씨 왕조의 마지막 보검. 대씨 왕조의 마지막 혈통을 베기 위해 아껴 두었지."

죽은 대수현이 가지고 있던 검을 발견했을 때 군화평은 곧바로 이 화려한 의식을 생각했다. 그들의 검과 그들의 무공으로 최후에 남아 있는 핏줄을 끊는 것. 그들이 자랑스럽게 여기던 것들을 사용해 최후를 장식하게 하면 너무도 창대한 복수가 되리라.

그것이야말로 대씨 왕조의 마지막에 가장 어울리는 장송곡이고, 새로운 왕조를 알리는 가슴 벅찬 서곡이다. 그렇게 생각하며 군화평은 오늘을 준비했다.

척살단주는 천천히 상대의 손에 들린 검을 보았다.

그들도 자신들의 검을 사용해 최후의 저항을 하려는 중이었다.

"대씨 왕조의 마지막 저항인가?"

대정현은 상대의 시선이 꽂히고 있는 검을 들어보았다. 군화평은 착각하고 있었다. 자신이 그녀의 검을 들고 온 것은 다른 이유였다.

"이 검은 연소하가 소중하게 지켜온 마음이다."

대정현이 다시 검을 비스듬히 뉘였다.

"난 그 마음을 지켜주지 않으면 안된다. 무슨 일이 있어도."

군화평은 차갑게 웃었다. 하나의 왕조가 끝나고 새로운 왕조가 시작되려는 거룩한 순간에 대정현은 감상적인 넋두리를 늘어놓고 있었다. 척살단주는 의식에 걸맞은 비장함을 그에게 요구해야만 했다.

"발해 왕실의 무공 중에 격도신검이란 게 있는데 알고 있나?"

대정현은 아무런 반응이 없었다.

"검기를 통해 인체를 내부로부터 파괴하는 극상승의 신공이지."

저 어리석은 왕자는 아무것도 상상할 수 없을지도 모른다는 생각이 들었다. 그가 알게 하는 방법은 직접 느끼게 하는 수밖에 없다. 군화평은 검을 들었다.

"대수현도 조천수도 이걸 써서 죽였다. 이걸로 너를 천천히 죽여주마. 발해 왕실의 무공으로 말이다."

간신히 정신을 수습한 연소하도 그 말을 듣고 있었다. 그녀도 격도신검에 대해서 들은 적이 있었다. 단 한가지만이 떠올랐다. 격도신검은 인체를 내부로부터 파괴하기 때문에 그 공격을 당한 사람은 온몸을 갈기갈기 찢는 고통 속에서 죽게 된다는 것이었다.

"안……돼…….."

연소하는 일어나려고 했다. 군화평의 무공이 시전되는 것을 막아야 했다. 그러나 그녀의 몸은 더 이상 그녀의 명령을 듣지 않았다. 그녀는 비틀거리며 다시 주저앉았다.

그녀는 자신이 할 수 있는 것이 없다는 것을 깨달았다. 아무것도 못하고 비극을 지켜보는 수밖에 없었다. 발해의 마지막 왕자 대정현이 군화평의 손에 무참히 살해되는 것을 지켜봐야 한다는 고통 때문에 눈에서 눈물이 왈칵 쏟아졌다.

연소하는 눈을 감았다. 끝내 대정현을 지키지 못했다는 자책감에 연소하는 계속해서 눈물만 흘리고 있었다.

군화평은 서서히 자신의 검에 진기를 주입했다.

검이 진동하며 울리기 시작했다. 군화평의 눈에는 대씨 왕조의 마지막 핏줄이 피를 뿜으며 쓰러지는 모습이 환영처럼 그려졌다. 그는 미소를 지었다. 곧 있으면 자신을 지배하고 있는 모든 고통을 끝낼 시간이 다가오고 있었다. 검의 소리가 상승함에 따라 그의 비웃는 듯한 미소는 더욱 짙어졌다.

갑자기 군화평의 얼굴이 굳었다.

검이 울리고 있었다. 자신의 검이 아니었다. 또 하나의 검이 울리고 있었다. 대정현의 검은 척살단주의 검과 불협화음을 일으키며 소리를 높여 갔다.

군화평이 믿을 수 없다는 듯 바라보았다.

"격도……신검을 알고 있었나?"

"이걸 극상승의 신공이라고 했나?"

대정현의 입가에 허탈한 미소가 걸렸다.

"격도신검은 한 명을 상대하기에는 최강일지 모르지만, 다수를 상대하기엔 진기의 소모가 너무 크지. 게다가 운공하는데 시간도 많이 걸리고. 이딴 게 극상승의 신공이라고?"

그의 눈에 보이는 것은 노골적인 경멸이었다. 대정현이 어릴 적에이 무공을 배운 이유는 혼자서 수련하기가 좋았기 때문이다. 실전에서 쓸 수 있는 것이 아니었다. 전쟁터에서 적장을 베기 위해 격도신검을 사용한다면 어느 이름 없는 병사의 창에 찔려죽을 가능성이 더 많았다.

단 한 명의 적과 상대한다고 해도 기를 주입할 시간이 필요했다. 그 전에 상대방이 공격하면 속절없이 당할 수밖에 없었다. 그래서 대정현은 매영옥과 싸울 때도 운기를 하지 않았다. 보법을 통해 상대의 공격을 막으며 기회를 살폈을 뿐이다.

또한 어정쩡한 상태로 운기를 하게 되면 검에 무리가 온다. 자신이 가지고 있던 무영검이 그렇게 부러졌고, 마불과 싸우던 검도 그렇게 박살났다.

하지만 지금은 극한까지 기를 주입할 수 있었다. 군화평이 이미 운기를 시작했기 때문에 자신도 충분한 시간을 들여 마음껏 기를 움직일 시간을 벌었다.

대정현은 갑자기 우스워졌다. 두 사람이 마주보며 이 무공을 사용하기 위해 준비하는 모습이 왠지 터무니없다는 생각이 든 때문이다.

그래서 대정현은 웃었다. 그 웃음이 군화평을 분노하게 했고, 눈에서 더욱 진한 살기가 쏟아져 나오게 했다. 두 사람이 가진 검 주변으로 검기의 파장이 일렁이며 진동음이 점점 커지고 있었다. 소리가 커질 수록 붉게 변한 군화평의 눈에서는 더욱 강한 불꽃이 튀었다.

두 개의 검은 상승하며 천천히 공명하기 시작했다. 노골적인 불협화음을 내던 두 개의 소리가 점차 하나로 수렴해 갔다. 동시에 그 소리는 끊임없이 커지고 날카로워졌다.

한순간, 정점으로 치닫던 검의 소리가 멎었다.

소름끼치는 정적이 두 사람을 사로잡았다.

그리고 두 개의 검이 서로를 향해 부딪쳐 갔다. 두 개의 무영검이 격돌하고 있었다.

검과 검의 충돌로 불꽃이 튀고 서로의 옷이 뜯겨 나가며 피가 터졌다. 격렬하게 상대를 공격해 가는 두 사람 주위로 바람이 일어나며 나뭇잎이 휘날렸다. 검기에 휩쓸리며 돌들이 날고 검의 부딪힘이 만들어 내는 번쩍임이 시야를 어지럽혔다.

그 검광 사이로 서로의 눈빛이 맞부딪쳤다. 그들은 치열하게 상대의 생각을 읽으며 공격을 전개해 갔다. 두 사람 모두 알 수 있었다. 지금 이 순간의 실수는 실수가 아니었다. 그것은 죽음이었다. 치열하게 적의 검로를 예상하고 빈틈을 찾아야 했다.

군화평은 이제 상대를 인정하기로 했다. 초라하고 감상적인 왕자의 실력은 예상을 훨씬 뛰어넘고 있었다. 그런 상대의 실력을 무시하면 죽는 것은 자신이다. 그가 상대를 인정하기로 하자 그의 빈틈이 보였다.

척살단주의 검이 그곳을 찔러갔다. 왕자의 다리에서 피가 솟구치는 동시에 두 사람이 서로를 스쳐 지나갔다. 왕자는 한쪽 무릎을 꿇으며 입에서 울컥 피를 쏟아냈다.

군화평이 천천히 돌아섰다. 승부는 끝났다. 그는 쳐들어오는 상대의 검날 아래 자신을 던져 승부를 걸었고 그 결과는 지금 눈으로 보고 있는 것과 같았다.

왕자의 얼굴 위로 한 줄기 혈선이 생기기 시작했다. 이제부터가 의식의 정점이었다.

그러나 그의 예상을 비웃는 것처럼 대정현의 얼굴 위로 나타났던 혈선은 더 이상 진전하지 않고 서서히 흐려지더니 사라져 갔다.

대정현이 천천히 일어서며 말했다.

"격도신검의 충격을 내부로부터 다스리는 법은 못 배운 모양이군."

척살단주의 얼굴에 한 줄기 혈선이 생겼다. 대정현의 말이 이어졌다.

"난 말이야. 무공이라고 이름 붙은 것 중에 제대로 아는 건 이거 하나였다."

혈선이 얼굴 전체로 퍼지기 시작했다.

"언제나 고향 생각이 나면 검을 들고 휘둘렀지. 오로지 이 무공만을 가지고. 비참하고 울고 싶을 때, 도저히 외로움을 견디지 못할 때는 언제나…… 그냥 한바탕 춤을 추는 기분으로……."

고통을 억누르는 군화평의 일그러질 대로 일그러진 얼굴 위로 다시 목소리가 들려왔다.

"처음부터 네가 이길 수 있는 상대가 아니었다."

군화평은 분노했다. 그의 분노가 고통을 누르며 그를 걷게 했다. 그러자 몸의 팔과 다리에서 가는 혈맥이 터지며 피가 솟구쳤다. 내부의 모든 혈맥이 미친 듯이 달리고 있었다. 머리까지 연결된 혈맥은 의식을 희미하게 했다.

지금 그를 잡고 있는 것은 의지였다. 지금은 자신이 쓰러질 때가 아니었다. 아직 의식이 끝나지 않았다. 의식을 끝내기 전에는 자신을 붙잡고 있는 고통이 사라지지 않는다.

그때 죽은 가족들의 모습이 보였다. 아버지도 보였고 어머니도 보였고 형제들도 보였다. 자신의 일가 친척들도 모두 그들과 함께 있었다. 그들은 가장 좋았을 때처럼 웃고 있었고 자신을 기다리고 있었다.

군화평은 그 동안 자신을 붙잡고 있던 과거의 고통이 사라지는 것을 느꼈다. 그는 기쁘게 미소 지었다. 마침내 그를 괴롭히던 지독한 고통이 완전히 사라졌다.

그리고 과거의 고통이 사라진 자리에 새로운 고통이 찾아왔다. 온몸을 찢는 고통이 그의 내부에서 터져 나왔다.

군화평이 폭발하듯 피를 뿜으며 쓰러졌다.

대정현은 걸어갔다.

힘겹게 주저앉아 있는 그녀가 보였다. 그는 이제 모든 것을 알 수 있었다. 자신을 바라보던 그녀의 눈이 무엇을 의미했는지.

대정현을 바라보며 연소하는 조용히 웃었다. 그리고 눈물 맺힌 얼굴을 감추듯 고개를 숙였다.

대정현의 눈가에도 눈물이 맺혔다.

대정현은 이야기를 하고 있었다. 발해에서 검을 배운 사람이라면 누구나 알고 있는 이야기였다.

"모든 검에는 악귀가 살고 있단다. 그 악귀는 미움, 증오, 원망 같은 것에서 태어나는 녀석인데, 일단 생겨나면 검에 찰싹 붙어 절대 떨어지질 않는단다."

소녀는 잔뜩 긴장하고 있었다.

"악귀는 그 검으로 죽어가는 사람들의 피를 먹고 자라기 시작하지. 검이 사람을 벨 때마다 점점, 점점 더 크게. 그렇게 자라다가 나중에는……."

대정현이 손으로 움켜잡는 시늉을 했다.

"그 검의 주인을 잡아먹는단다. 그래서 주인마저 피와 살인에 굶주린 악귀로 만들어 버리는 거야."

소녀가 깜짝 놀라 몸을 움츠렸다. 침을 삼키며 자신의 이야기를 듣는 소녀를 향해 대정현이 부드러운 미소를 지었다.

"악귀에게 잡아먹히지 않는 법을 알고 싶니?"

소녀가 천천히 고개를 끄덕였다.

"처음부터 안 만들어 내는 거야. 마음 속에서 원망과 미움을 버려야 한단다. 그러기 위해선 절대 잊지 말아야 할 것이 있어. 그것은 검은 누군가를 죽이고 상처 입히기 위해 있는 게 아니라는 거야. 검은……."

대정현이 다시 말을 이었다.

"검은 소중한 것을 지키기 위해 드는 거란다."

멍한 듯이 그의 말을 생각하던 소녀가 천천히 고개를 끄덕였다.

그러자 대정현은 그녀로 하여금 자신이 준 검을 들어올리게 했다.

"이걸 봐라."

그는 천천히 소녀의 손을 당겨 자루에 있는 꽃문양을 만지게 했다. 그녀의 작은 손가락이 꽃잎 위를 조심스럽게 움직여갔다.

"이 검을 만든 사람은 악귀가 자라지 못하도록 순백의 꽃을 새겨

넣었단다. 그래서 이 무영검은 악귀에 지배되지 않는 맑고 투명한
정신을 뜻하게 되었지."

대정현은 다시 소녀에게 검을 쥐어 주었다.

"넌 이 검을 보며 내가 해 준 말을 항상 기억해야 한다. 알겠니?"

소녀가 고개를 끄덕였다.

흐린 하늘이 더욱 어두워지며 차가운 바람이 불어왔다.

대정현은 물기 가득한 목소리로 물었다.

"왜, 왜 말하지 않았던 거냐?"

"어서 천애곡을 넘으셔야 합니다."

연소하는 몸을 일으키려고 했다. 흔들리는 그녀를 대정현이 부축
했다.

"왜냐고 묻고 있다. 왜냐?"

연소하는 그저 눈물을 글썽인 채 걸어가려고만 했다. 대정현은 그
녀의 어깨를 잡으며 자신에게 돌려세웠다.

연소하가 그의 시선을 피한 채 대답했다.

"군왕은 하늘 아래 부끄러움이 없어야 합니다."

"무슨 소리를 하는 거냐?"

"전하는 군왕이 되실 분. 어떤 불미스러운 소문도 없어야 합니다.
신분이 다른 무사와는 더더욱 그렇습니다."

군왕에게 필요한 것은 위엄과 권위였다. 그것이 손상당하면 군왕
이 가진 힘은 급격하게 약화된다. 조금이라도 신하들에게서 말이 나
올 수 있는 부분은 사전에 막아야 했다.

월낙가에서 대정현이 자신의 검을 형의 검이라고 생각했을 때, 연소하는 그 오해를 그냥 두기로 했다. 만일 과거가 밝혀지고 뭔가 이상한 소문이라도 난다면 전쟁을 이끌어야 할 대정현의 위엄과 권위가 심각한 타격을 받을 수도 있었다.

그리고 한편으로는 그가 사실을 알게 되었을 때, 그녀가 자신의 감정을 숨길 자신이 없었기 때문이기도 했다.

"넌…… 넌 정말 내가 왕이 될 거라고 생각했던 거냐?"

그녀가 다시 대정현을 바라보았다.

"중원에서 뵌 날부터 한 번도 의심해 본 적이 없습니다. 단 한 번도…… 전하는 언제나 14년 전의 그분일 테니까요."

폐허 마을에서 그랬던 것처럼 그녀의 눈에 흔들림 없는 신념이 보였다. 그녀는 처음부터 자신을 믿고 있었다. 다만 대정현 자신이 스스로를 믿지 못했을 뿐이었다.

대정현의 눈에 눈물이 차기 시작했다.

그때 연소하의 눈에 반대쪽 절벽에서 오고 있는 군사들이 들어왔다. 거란군이었다.

마침내 금사궁대가 천천히 걸어오며 모습을 드러내고 있었다. 그들의 대장이 병사들을 정지시키며 주변을 돌아보았다. 지금까지 오는 동안 그가 본 것은 대부분 척살단의 시체였다. 그리고 건너편에 척살단주가 죽어 있었다. 상황은 명확했다.

그가 신호를 하자 금사궁대가 일제히 화살을 장전했다.

연소하는 주변을 보았지만 빠져 나갈 길이 보이지 않았다. 거란군들도 그 사실을 알고 있었다. 화살을 장전하고 대장의 지시만을 기다리고 있었다. 그러나 대장에게는 서두르는 기색이 없었다.

연소하가 대정현을 돌아보았다. 그도 금사궁대를 보았지만 더 이상 신경 쓰지 않기로 했다. 지금 중요한 것은 자신의 앞에 있는 여인이었다.

"네가 아니었다면 난 결코 여기까지도 오지 않았을 것이다."

그녀의 입가에 작은 미소가 맺혔다. 대정현은 오랫동안 어머니의 묘소 앞에서 고민했다. 만일 그녀가 아니었어도 자기가 천애곡까지 왔을까. 그럴 것 같지 않았다.

자신에게 중요한 것은 오로지 살아남는 것이었다. 하루하루 연명하는 삶이라도 일부러 죽을 자리를 찾아 길을 떠나는 것보다는 나았다. 아니, 낫다고 생각했다.

그것이 14년의 대부분을 지속해온 대정현의 삶이었다.

"넌 모든 것을 잃은 나에게 살아가는 의미를 주었다."

"이미 14년 전에, 전하는 저에게 그러하였습니다."

대정현은 아무 말도 할 수 없었다.

금사궁대 대장이 손을 들자 부대가 장전한 활이 일제히 두 사람을 겨냥했다. 흐린 날씨 아래서도 그들의 화살은 날카로운 빛을 반사하고 있었다.

대정현이 부축하고 있던 연소하를 강하게 안았다. 이제 화살이 날아올 것이다. 그는 자신의 등을 금사궁대가 있는 방향으로 돌렸다. 그것만이 지금 자신이 할 수 있는 일이었다.

연소하의 눈에 눈물이 고여 흘러내렸다. 대정현은 그녀를 보며 조용히 미소를 지었다. 그리고 조금이라도 자신의 웃음이 그녀를 안심시키기를 바랬다.

금사궁대 대장은 출발 전에 받은 명령과 도착한 후 들은 소식 사이에서 갈등하고 있었다. 그가 이곳으로 올 때 받은 명령은 임선지의 부대를 견제하며 어떻게든 왕자를 사로잡아 오라는 것이었다.

그러나 천애곡에 도착했을 때 듣게 된 것은 발해인들이 야율철라를 살해했다는 소식이었다. 그리고 소식을 전한 척살단주마저도 죽어 있었다. 의심할 여지가 없었다.

그는 결정을 내려야 했다. 금사궁대 대장은 눈 앞에 보이는 발해인들을 죽이기로 했다. 그의 손이 공중으로 올라갔다.

순간 화살이 공중을 날았다.

금사궁대 대장이 먼저 화살을 맞으며 쓰러졌다. 동시에 뒤쪽으로부터 날아온 화살에 다른 금사궁대 대원들이 연속으로 쓰러져 갔다. 그리고 요란한 함성과 함께 금사궁대를 향해 군사들이 달려왔다. 임선지의 부대였다.

임선지는 공격 명령을 내리는 것과 동시에 반대편을 바라보았다.

봉화대에서는 아직도 흰 연기가 솟아오르고 있었다.

조천수가 쌓아놓은 장작의 탑은 봉화대로 사용하기 위해 만들어진 것이었다. 왕자를 무사히 발해까지 모시기 위해 그들은 많은 것을 생각했다. 일단 발해군과 만나게 되면 암살될 가능성은 없었다. 가장 좋은 것은 한시라도 빨리 부대가 데리러 가는 것이었다.

그러나 부대의 움직임은 적들에게 노출된다. 적도 임선지의 부대를 상대하기 위해 부대를 파견할 것이 뻔했다.

그래서 임선지의 부대는 근처에서 대기하며 적의 부대를 견제하기로 했다. 하지만 천애곡 내에서 문제가 발생할 가능성도 생각해야 했다. 그때는 조천수가 봉화를 올리기로 되어 있었다. 신호가 올라오면 모든 위험을 무릅쓰고 발해군이 천애곡에 진입하기로 했다. 어떤 위험도 왕자를 잃는 위험보다는 크지 않았다.

조천수는 힘겨운 표정으로 자신이 만들어 낸 봉화대 앞에 앉아 있었다. 그는 죽어가는 몸을 이끌고 봉화대까지 와서 불을 붙였다. 그가 해야 할 일은 다한 셈이었다.

하지만 그는 죽을 수 없었다. 결과를 보고 싶었다. 그가 생명의 끈을 놓지 않고 버티는 동안 멀리서 함성이 들려왔다. 익숙한 발해군의 북소리도 들려왔다. 그는 이제 눈을 감을 수 있을 것 같았다.

천천히 조천수가 땅을 향해 쓰러져 갔다.

금사궁대와 발해군 사이의 전투는 거의 끝나 가고 있었다. 생각지도 못한 곳에서 허를 찔린 금사궁대가 전세를 뒤집을 수는 없었다.

결국 최후까지 남았던 거란 병사가 쓰러지며 발해군의 승리를 알렸다. 대정현은 전투가 시작됐을 때를 제외하고는 그 쪽을 바라보지도 않았다.

그는 알고 있었다. 자신이 이렇게 그녀를 볼 수 있는 시간이 얼마

남지 않았다는 것을.

쓰러진 금사궁대 사이로 임선지가 걸어왔다. 대정현을 향해 다가오는 그의 얼굴에서는 억누를 수 없는 격동이 넘쳐나고 있었다.

연소하가 희미한 눈으로 그 모습을 보았다.

"비선원주 임선지 장군과 병사들입니다. 저들을 맞을 준비를 하십시오."

대정현은 돌아보지 않았다.

"당당하고 위엄 있는 모습으로 저들을 맞으소서."

연소하는 천천히 뒤로 물러나려고 했다. 그러나 그녀의 몸은 그 사소한 동작조차 허용하지 않았다.

"소하!"

쓰러지는 그녀를 대정현이 안았다. 연소하의 얼굴은 창백했고 그녀의 목소리에는 힘이 없었다. 대정현은 그녀를 가슴에 안은 채 바닥에 눕혔다.

연소하가 그를 올려다보았다.

"이…… 이제 저는 틀렸습니다."

"무슨 소리를 하는 거냐? 모든 게 끝났다! 이제 다 왔어! 다 왔는데 무슨 소리를 하는 거야?"

"아무 말도 마세요. 잠시만 그대로 있어 주세요. 부탁입니다."

그녀는 눈물이 가득한 눈으로 대정현을 담고 있었다. 천천히 그녀가 손을 뻗어 그의 뺨으로 다가갔다. 하지만 그녀의 손은 더 이상 움직이지 못했다.

대정현은 이유를 알고 있었다. 연소하의 손을 쥐어 자신의 뺨으로 가져왔다. 그제야 그녀가 조심스럽게 그의 얼굴을 매만졌다.

연소하의 얼굴에 미소가 떠올랐다. 대정현은 자신의 뺨에 있는 손을 꼭 쥐었다. 그것 말고는 달리 그가 할 수 있는 일이 없었다.

그녀가 말했다.

"전하. 전 약속을 지켰습니다."

"네…… 목숨은…… 지키지 못했다."

"목숨보다 소중한 것을 지켰습니다.

연소하는 바닥에 떨어진 무영검을 바라보았다.

"전하……."

그녀가 불안한 표정으로 대정현을 보았다.

"검은…… 소중한 것을 지키기 위해 드는 것이옵니다."

대정현은 아무 말도 할 수 없었다. 자신도 모르게 눈물이 흘러나왔다.

연소하는 들릴 듯 말 듯한 목소리로 물었다.

"그렇지요?"

그녀는 대답을 기다리고 있었다.

대정현이 천천히 고개를 끄덕였다. 연소하는 조용하게 웃었다.

그리고 점점 그 웃음이 사라지고 평온한 표정이 되었다.

"소……하……."

대정현이 그녀를 불렀다. 연소하는 편안히 잠든 것처럼 아무런 미동이 없었다. 그가 거칠게 다시 그녀의 이름을 불렀다.

"소하!"

연소하는 여전히 움직이지 않았다.

그들의 주위에서 임선지 장군과 병사들이 발해 최고수의 마지막을 지켜보고 있었다.

임선지는 가슴이 찢어지는 아픔을 느꼈다. 비선원주가 되기 전 자신을 구해준 것도 연소하였다. 그의 생명은 그녀가 준 것이었다. 그러나 이제 나이든 자신이 젊은 그녀의 죽음을 바라보고 있었다. 그의 눈에 눈물이 맺혔다.

대정현의 손이 천천히 그녀의 얼굴로 향했다. 그녀의 눈가에는 아직도 눈물이 흐르고 있었다. 그의 손이 눈물을 닦아내었다.

그러나 다시 얼굴 위로 눈물이 떨어졌다. 대정현의 눈물이었다.

더는 참지 못하고 대정현이 그녀의 가슴에 얼굴을 묻었다.

"소하!"

대정현은 절규했다. 그는 연소하의 죽음을 향해 절규했다. 그녀를 지키지 못한 자신을 향해 절규했다. 그녀에게 아무것도 못해준 스스로를 향해 절규했다.

그의 절규가 천애곡에 울려 퍼져 갔다.

그리고 눈이 내렸다.

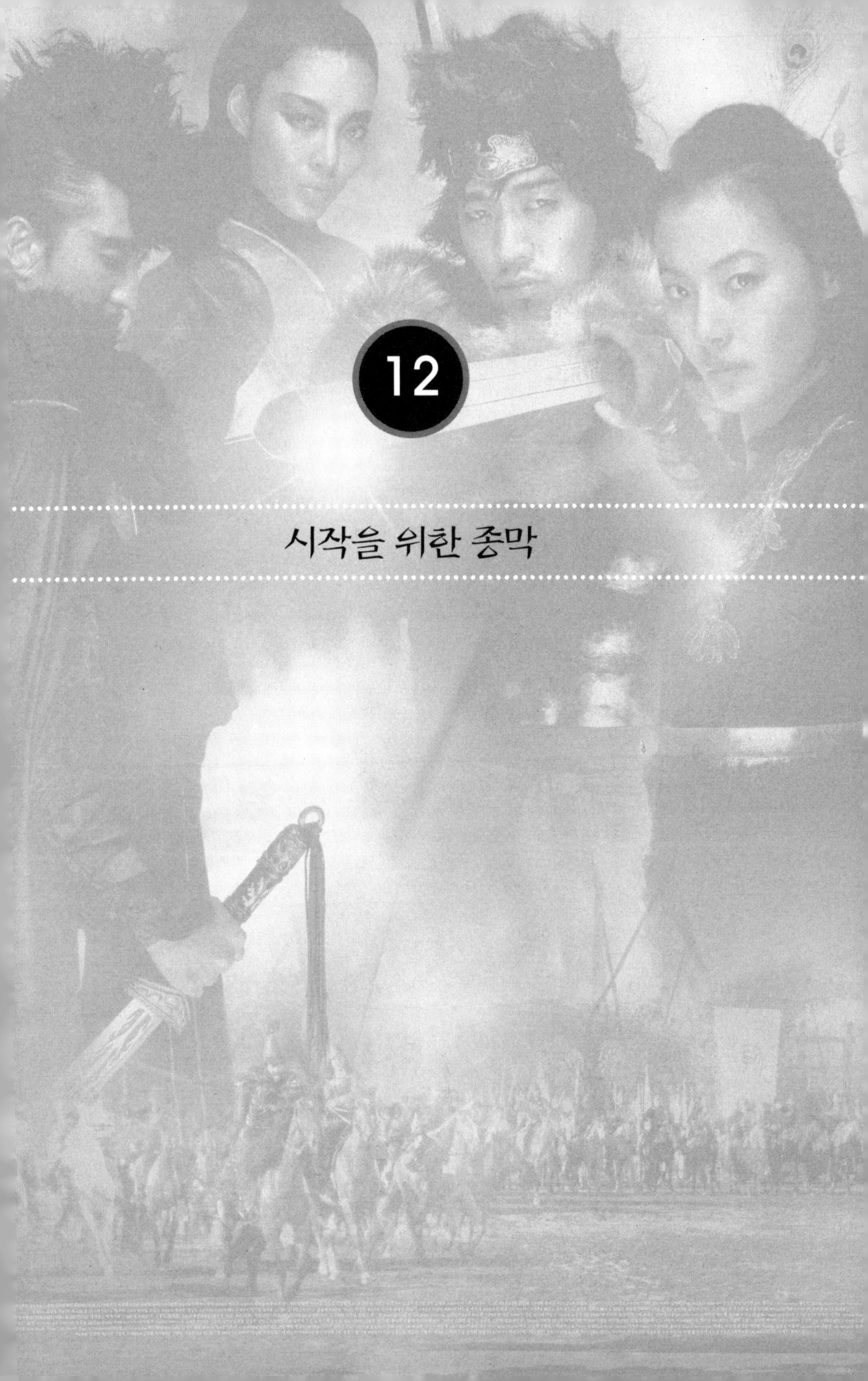
12
시작을 위한 종막

겨울이 가고 있었다.

지난 겨울은 유난히도 추웠고 많은 눈이 내렸다. 겨울내내 내린 눈은 산과 계곡을 덮고 강물을 얼어붙게 했다. 가까이에서 물이 흐르는 소리가 나지막하게 들려왔다. 그 소리가 이제는 낯설지 않았다. 서서히 찾아온 봄의 따뜻함이 곳곳에서 개울을 녹이고 강물을 흐르게 하고 있었다.

하지만 한밤중의 산은 여전히 추웠다.

대정현이 그곳에 있었다. 그는 말도 하지 않았고 움직이지도 않았다. 양 무릎을 세우고 앉은 채 앞에 있는 향을 바라볼 뿐이었다.

땅에 꽂힌 향은 어스름한 달빛을 길잡이 삼아 하늘로 연기를 올려보내고 있었다. 그리고 그 연기 속에 순백의 옷을 입은 그녀가 있었다.

그녀가 말했다.

'검은 소중한 것을 지키기 위해 드는 것입니다.'

대정현은 자신의 무릎 사이에 얼굴을 묻었다. 그녀가 보고 싶었다.

그는 밤새 그렇게 앉아 있었다. 산 아래에서 사람들이 자신을 기다리고 있다는 것도 알았다. 하지만 다른 것을 하고 싶지 않았다. 지금은 그저 혼자 있고 싶었다.

향이 서서히 꺼져 갔다.

대정현은 천천히 고개를 들어 하늘을 보았다. 어스름한 빛이 비치며 여명이 시작되고 있었다. 이제 움직여야 할 시간이었다. 그녀를 위해 할 일이 있었다.

그가 자리에서 일어나자 입고 있던 갑옷의 장식들이 부딪히며 소리를 냈다.

그곳의 이름은 천복성이었고 동란국의 수도였다.

거란인들이 지배하고 난 후부터는 그렇게 불렀다. 그러나 그 이름에 동의하지 않는 많은 사람들이 있었다. 그들은 다시 원래의 이름인 홀한성으로 바꾸기를 원했다.

자신이 있는 곳이 천복성이라고 믿는 곳에서 거란 병사가 성 밖을 내다보고 있었다. 그는 눈 앞의 광경을 믿을 수가 없었다. 하지만 사실이었다. 그는 주변에 소리쳐 비상 신호를 울리도록 했다. 그리고 다시 돌아보았다. 틀림없었다.

발해군들이 밀려오고 있었다.

그리고 그 앞에 단정하게 머리를 빗어 올린 대정현이 있었다.

그가 말을 멈추자 모두가 정지했다. 그는 자신의 군대를 돌아보았다. 기마 부대에서 보병, 양민들이 모여 만든 민병대까지 있었다. 자신의 바로 앞에는 임선지를 비롯해 많은 장수들이 보였다. 그들 모두가 대정현을 보고 있었다.

대정현은 다시 한 번 천천히 그들 모두를 둘러보았다. 그리고 말을 시작했다.

"우리는 성을 빼앗기고, 땅을 빼앗기고, 나라를 빼앗겼다."

병사들의 눈이 빛나기 시작했다.

"저들은 우리의 도읍마저 유린하고 성의 이름마저 바꿔 놓았다. 그리고 수많은 사람들이 죽어갔다. 자신들이 빼앗긴 것을 되찾기를 염원하며 죽어갔다!"

그의 목소리가 커지며 피맺힌 외침이 울려 나왔다.

"그들이 우리를 여기로 보낸 것이다. 그리고 그들은 우리에게 말하고 있다. 자신들이 잃어버린 소중한 것을 되찾아 달라고!"

병사들의 눈이 붉게 물들었다. 모두가 부모를 잃고 형제를 잃고 자식을 잃고 친구를 잃은 사람들이었다. 장수들도 이를 악물고 있었다.

말을 하는 대정현의 눈가에도 물기가 맺혔다.

"그러기에 우리는 이 싸움에서 결코 물러서지도 패배하지도 않을 것이다. 이것은 우리가 지켜야 할 소중한 것을 되찾기 위한 싸움이기에!"

병사들은 자신들이 들고 있는 무기를 움켜잡았다.

"우리는 계속 싸울 것이다! 칼이 부러지면 맨손으로 싸울 것이며 힘마저 떨어져 잡힌다 해도 안광으로 적을 찌를 것이며, 눈마저 찔리면 혀로써 그들의 죄를 하늘에 알릴 것이다! 그마저 잘려 나간다면 혼백만이라도 남아 이곳에 우리가 흘린 피를 기억하게 할 것이다! 저들이 이 땅에서 결코 우리의 것을 빼앗아 갈 수 없음을 알게 할 것이다!"

피를 토하는 대정현의 목소리에서 불꽃이 튀었다. 그리고 그 불꽃은 병사들에게 옮겨 붙으며 거대한 불길을 피워 올렸다.

"그리하여 오늘 우리는 이름을 되찾을 것이다! 이제 저 성은 다시 홀한성으로 바뀔 것이며, 우리는 나라를 다시 찾을 것이다!"

발해군의 함성이 평야를 가득 메웠다.

대정현은 말머리를 돌려 성을 바라보았다. 옆에서 기다리고 있던 부관이 투구를 가져왔다. 그는 투구를 쓴 후 자신의 검으로 손을 가져갔다. 검 자루의 꽃잎 문양이 느껴졌다. 대정현은 천천히 양각으로 새겨져 있는 국화의 문양을 매만졌다.

그녀가 거기에 있었다.

그리고 대정현은 검을 뽑아 자신들이 달려가야 할 곳을 겨누었다.

무영검은 홀한성을 가리키고 있었다.

"진격!"

마침내 대정현의 외침이 발해군 전체를 향해 퍼져 나갔다.

하늘을 울리는 함성이 평야를 뒤흔들며 모든 대지의 끝으로 뻗어 나갔다.

그 함성이 드디어 아침을 깨웠다. 떠오르는 붉은 태양빛은 어둠의 시기가 끝나고 밤이 운명을 다했음을 온 천하에 알리고 있었다.

그리고 진격하는 병사들 위로 찬란한 아침의 빛이 쏟아져 내렸다.

928년. 마침내 동란국은 요동 지역으로 철수한다. 그 후 발해의 땅
엔 후발해국과 정안국이 세워진다. 이들은 모두 발해의 후예임을 자처
하였다.

영화 〈무영검〉의 시나리오를 쓰는 동안 여러 버전들이 만들어졌습니다. 많은 등장인물들이 죽었다가 살아나기도 하고, 어느 날 다시 사라지기도 했습니다. 또한 그들의 직업과 성격도 끊임없이 바뀌었습니다.

그러다가 결국 한편의 시나리오로 완성되었고, 그것이 영화로 만들어졌습니다.

그 과정에서 설정은 되었지만 영화에서 표현되지 못한 이야기들을 담기 위해 소설이 기획되었습니다. 하지만 소설의 논법이 다르다 보니 몇 가지 점에서 영화와는 다를 것입니다. 그 부분들이 소설을 읽는 독자 분들에게 또 다른 즐거움이 되기를 조심스럽게 희망해 봅니다.

이제 소설을 끝내고 보니, 감사해야 할 많은 분들의 얼굴이 떠오릅니다.

가장 먼저 이 험난한 이야기를 함께 만들고 멋진 영화를 만들어준 김영준 감독님에게 감사하고 싶습니다. 감독님으로 인해 머릿속에만 있던 이야기가 생명을 얻고 세상의 빛을 보게 되었습니다.

그리고 오랜 벗이며 동료인 신준희 작가에게도 고맙다는 말을 보냅니다. 신 작가로 인해 무영검의 인물들이 지금처럼 풍성해질 수 있었습니다.

또한 긴긴 시간 함께 영화를 준비하며 고생한 박수연 PD와 임영성, 오정민 두 조감독들에게도 참으로 수고했다는 위로의 말을 전하고 싶습니다.

더불어 이 소설이 나오기까지 물심양면 지원해준 박종길 PD와 집사재 유창언 사장님, 김영아씨에게도 감사드립니다.

쓰다 보니 온통 감사해야 하는 사람들 뿐이군요. 결국 세상을 살아가면서 이렇게 많은 빚을 지고 살아간다는 생각을 하게 됩니다.

소설 〈무영검, 발해의 기억〉은 위에 감사드린 모든 분들의 힘으로 만들어졌습니다. 두 손 모아 저 분들의 앞날에 즐거움이 가득하길 기원합니다.

김태관